励志美文
LIZHI MEIWEN

看见自己生命的惊人光芒

孙道荣——著

山东城市出版传媒集团·济南出版社

图书在版编目(CIP)数据

看见自己生命的惊人光芒／孙道荣著. —济南：济南出版社,2020.6
ISBN 978-7-5488-4450-1

Ⅰ.①看… Ⅱ.①孙… Ⅲ.①散文集—中国—当代 Ⅳ.①I267

中国版本图书馆 CIP 数据核字(2020)第 103388 号

看见自己生命的惊人光芒
孙道荣 著

出 版 人	崔 刚
责任编辑	李圣红 董慧慧
装帧设计	王园园
出版发行	济南出版社
地 址	济南市二环南路 1 号
邮 编	250002
印 刷	济南鲁森印务有限公司
成品尺寸	148mm×210mm 32 开
印 张	8.25
字 数	162 千
印 数	1—5000 册
版 次	2020 年 6 月第 1 版
印 次	2020 年 6 月第 1 次印刷
书 号	ISBN 978-7-5488-4450-1
定 价	39.00 元

(如有倒页、缺页、白页，请直接与出版社联系调换。联系电话:0531-86131736)

自 序

2017年，我第二次游览欧洲。这一次，我和妻子是自驾游，全程住的又是民宿，因而有更多的机会和视角，来体味欧洲的风情和文化。让我印象深刻的，是环日内瓦湖游走了一圈，住在湖边一户法国人家，夜色中，坐在偌大的草地上，遥看对岸瑞士的星星火火，真有一种如临仙境和隔世的感觉。在巴黎，我们重游了众多的胜迹。在塞纳河南岸的莎士比亚书店内，摆满了英文书籍，通往二楼的狭窄楼梯上，镌刻了几排红色的文字："I wish I could show you, when you are lonely or in darkness, the astonishing light of your own being." 这是14世纪波斯伟大的抒情诗人哈菲兹的诗句，翻译过来就是"当你身陷孤独或黑暗时，我希望我可以让你看见，你自己生命的惊人光芒！"

那一刻，我被猝然击中。

在我的童年和少年时期，我承受了太多的苦难和不幸！有很长一段时间，我几乎羞于出现在戳戳点点的人前，它让一个本应开朗的男孩，变得羞怯而自卑，懦弱而无助。曾经幸福的生活戛然而止，那是我人生中最孤独、最黑暗，也最无辜、最无助的一段时光。这不是我的错，但我却不得不背负这一切。我将自己封闭在自我的世界，也就是在那时候，我爱上了阅读。我喜欢沉浸在文字的海洋中，那里没有歧视，也没有怜悯；没有白眼，也没有哀嚎。

我一直固执地以为，自己的性格弱点，是因为血型所致。我觉得自己的血型，可能是 A 型，也可能是 B 型，AB 型也很相似，却坚定地排除了 O 型，因为我的性格一点也不外向，太不符合 O 型血的性格特征了。直到 36 岁那年，我第一次献血，验血时，报告单上却显示我的血型偏偏是 O 型。我以为是他们弄错了，或者我拿错了报告单。但是，没有错。我真的是 O 型血。那可真是一个天大的意外，一场天大的玩笑。它颠覆了我一直以来的认知和某种寄托，我认识到原来并非血型固化了我的性格，而是现实，是生活，是周遭的环境，左右了我，改变了我。

越是你没有的，你就会越在乎。这也就是为什么这些年，我写过的大多数文章，都是向善的、温暖的、正能量的。因为我渴求它们，因为我在意它们，因为我内心深处企望这个世界是美好的。年少时的苦难和磨砺，锤炼出了我的脆弱却敏锐的内心，帮助我捕捉生活中那些过眼即逝的人生细节，并将它们诉诸文字。我一点也不奢求在文学上能有多大的造诣，我觉得它表达出了我对这个世界的看法和期冀，它就是值得的。

哈菲兹的诗句，一下子戳中了我内心深处最隐秘、最柔软、最脆弱的那部分，它让我看到了自己生命的光芒，虽然它多么微小，多么细碎，多么微不足道，但它照亮了我，它给了我坚持下去的勇气和信心，于我们每个渺小的生命个体来说，它就是惊人的，不可或缺的。

我借用哈菲兹的诗句，来做这本书的名字，是希望你也能看见，你自己生命的惊人光芒。

我还要将这本书，送给一位亲人——我的岳母。

她是一位老师。1997年，在她53岁那年，她猝然倒在了讲台上。她被诊断为急性淋巴性白血病。这是真正的不治之症。

她的生命进入了倒计时。

在苏州解放军某医院，她住了整整八个月的院。一次次的化疗之后，她的头发掉得差不多了，她的牙齿也相继脱落了，全身浮肿得不成人形。我们都以为她撑不住了，熬不下去了，她生命的灯油，快耗尽了。

她的病友，一个接一个地离去，她却顽强地活了下来，直到今天。她成了本医院救治过的唯一一位没有骨髓移植却存活了这么久的重症白血病人。

一定有什么支撑了她。

岳母得病时，妻弟刚工作不久，还没有结婚成家。岳母那时候朴素的愿望就是，活到儿子结婚那一天。她做到了。

妻弟成家后，岳母又有了一个小小的愿望，活着看见自己的孙子出世。她又做到了。

这一次，岳母有了一个大胆的心愿，要是能亲眼看到小孙子背着书包去上学，那就死而无憾了。她再次做到了。

　　一个个心愿实现了，岳母又有了更大的奢望：如果能活到孙子上大学那一天，那就人生完美了。她又奇迹般地做到了。孙子去日本留学了，她第一次坐飞机，第一次跨出了国门。

　　也许，现在岳母的心中，又有了更大的一个愿望，看到自己的孙子谈恋爱，结婚，生孩子……

　　这些她生命中的一个个光亮，它是希望，它是神迹，它是延续，它是支撑她活下去的力量。

　　你的光芒，我的光芒，他的光芒，我们的光芒，汇聚在一起，就是星辰之光，就是日月之光，就是生命之光。

2020年4月

目录 contents

第一辑　看你一眼，心生种子　/　1

　　看你一眼，心生种子　/　3

　　陪了你一生　/　6

　　早晨从一朵花开始　/　8

　　帮我们看清世界的"眼睛"　/　11

　　到山顶还有多远？　/　14

　　一杯水养活的植物　/　17

　　我在城市遇见了稻草　/　20

　　倒木是森林的另一种姿势　/　23

　　心有多大，院子就有多大　/　26

　　菜的前身是植物　/　28

　　从窗户看到的巴黎　/　31

　　一棵树的移植哲学　/　34

　　今年我还没见过　/　37

第二辑　和天空一起笑一笑　/　39

滴水的声音　/　41

给蚂蚁一根稻草　/　44

和天空一起笑一笑　/　47

沙漠公园　/　49

手绘说明书　/　52

它很臭，但它是花　/　55

土地和植物也要喘口气　/　59

西湖的荷花　/　62

一朵花的美丽　/　65

与你在一起的日子　/　67

在城里遇见牛　/　70

一粒稻谷一朵花　/　73

第三辑　爸爸，我可不可以不如你　/　75

小时候与长大后　/　77

心里住着一个孩子　/　80

我在心里说过了　/　83

好自己　/　86

我不会为难你，但生活会　/　89

你说实话，我不生气 / 92

我们每天都在暴殄天物？ / 95

我回来了 / 98

放风筝的父与子 / 101

爸爸，我可不可以不如你 / 104

第四辑　我希望让你看见，你自己生命的惊人光芒 / 107

我听得见 / 109

不完美 / 112

你的心是一扇什么门 / 115

两个苹果 / 118

我希望让你看见，你自己生命的惊人光芒 / 121

父亲的脊梁和儿子的后背 / 125

孩子，我们的白发与你无关 / 128

你在我身边，但我想你了 / 132

生活即作文 / 136

我们都有两个孩子 / 140

最害怕妈妈突然对我好 / 144

第五辑　你未必认识自己 / 147

看不懂 / 149

人心是有眼儿的 / 152

模仿的一生 / 155

微笑是最好的通行证 / 158

心动那一瞬间 / 162

身体里的"开关" / 165

飞翔的心 / 168

你在朋友圈的落寞与现实是一样的 / 171

体内的小偷 / 174

接触陌生人 / 177

你未必明了自己的心意 / 180

九句真话和一句谎言 / 183

身体里的木桶效应 / 186

留给你一个明朗的空间 / 189

我们的心就像一个停车场 / 192

你未必认识自己 / 195

回家陪我的兄弟 / 198

第六辑　留下一颗有尊严的种子　/　201

在没有父母的老屋，我们只是故乡的客人　/　203

这个世界，没有什么是我一直不喜欢的　/　206

邻居的纸条　/　209

服务员的便笺　/　213

搓搓你的手　/　215

温暖的手语　/　218

侧身　/　221

地铁温暖　/　224

副驾驶位上坐着一个天使　/　227

孩子，做我的邻居吧　/　230

留下一颗有尊严的种子　/　233

错过季节的西瓜秧　/　237

每天微笑800次　/　241

拴在门上的黄丝带　/　245

一个人的美德无关他人的态度　/　248

看书的姿势最美　/　251

第一辑

看你一眼，心生种子

看你一眼，心生种子

一位朋友，阳台上种满了花草。

朋友的家我没有去过，但那些阳台上的花花草草，我都见过。每天，她都会在朋友圈发一张或一组它们的图片。一朵花打苞了，一颗草籽发芽了，一只蝴蝶飞来了……她都会及时发布，更新。她的朋友圈，就是一处生机盎然的小花园。

每天，都会有很多人点赞，点评。让我怦然心动的是一位朋友的点评：每天在你的朋友圈，看一眼你的阳台，看一眼那些美丽的花花草草，便在心里种下了一粒种子。

看你一眼，心里便种下一粒种子。多美的经历，多美的感受，多美的种子。

生活中从不缺乏美，我们看到了，即使什么也没说，即使我们没有文学家的优美辞藻来赞美它，有什么关系？一粒美美的种子，已经种进了我们的心里——

难得早起，看到草叶上的一滴晨露，它就是一粒种子；

在大街上行走，看到一个背着书包的孩子，手里拿着一个纸片，走了很远的路，最后，将它投进了路边的垃圾桶里，它就是一粒种子；

斑马线前，有人欲横穿马路，一辆车停下来了，又一辆车停下来了，它就是一粒种子；

前面一位年轻的妈妈，怀抱着孩子，孩子伏在妈妈的肩头，向后张望，我与孩子的眼睛撞在了一起，孩子忽然咧嘴冲我笑了笑，它就是一粒种子；

走在我前面的人，推开旋转门，待我也走进去了，才松开手，它就是一粒种子；

抬头看见蓝天、白云，它就是一粒种子……

如果你稍稍留意，你就会发现，生活中太多这样的一刻。你看见了它，你经历了，你融在其中了，你切身感受到了，那么，你的心里，就会种下一粒种子。

没错，生活从不是风花雪月，有很多不如意，甚至悲伤和灾难。艰辛的生活，让我们的人生充满挣扎和苦难，视而不见与粉饰太平，都是对生活，也是对自己的不尊和背叛。我们赞美生活，并非因为它总是美好的，艰难、忧伤、痛苦总是如影相随。我要说的是，纵使人生再艰难，纵使我们的心千疮百孔，也别忘了，空气中还有飞翔的蒲公英，生活中总有那温暖的一刻，它就是一粒希望的种子。

打开心扉，那粒种子就会飞进来。

心里有种子了,心才会像一块土地一样,不会荒芜。

一粒种子,未必能发芽;一粒种子,也未必能成为一片姹紫嫣红的花园。没关系,这个世界从不缺乏这样的种子,总有一粒种子,它飞进了你的心田,并在你最柔软的部分,扎根,发芽,成长。心中这样的种子多起来了,希望和信心,就会重新回到我们身边。

永远不要小觑了一粒种子的力量,它能穿越寒冬,也能破崖而出。就算它被埋在了我们心底,也定然能在某个春天,挣脱一切桎梏,冒出动人心魄的嫩芽。

如果你在庸常的生活中,遇到了怦然心动的一刻,那是一粒种子,不要拒绝它。

如果我看你一眼,心生温暖,亦请不要拒绝,因为,你也是这样一粒种子。

陪了你一生

阳台废弃的花盆里，忽然冒出了一棵嫩芽。

它是一棵草，还是一株花，抑或是一棵蔬菜，我完全看不出来。但它娇嫩、鲜活的样子，一下子迷住了我。我赶紧用杯子接了一点清水，来浇灌它。水浇下去的时候，它的嫩叶和腰身都微微颤抖了一下，像是向我致谢。我笑了，对它说，好好活下去。

下班回家，我再次见到它时，它似乎已经长高了不少。它暂时还只有两片嫩叶，一左一右，微风拂过，轻轻摇晃的样子，真是迷死人了。工作了一天，很累，往常一回到家，我就会瘫坐在沙发上，闭上眼，养精蓄锐。今天，像以往一样累，但我愿意将最后一点气力，花在它身上。土还是湿润的，不需要再浇水了，那就给你翻翻土吧。家里一时找不到可以翻土的东西，我就找来了一支用过的钢笔，戳进土里，一点一点地翻开。我翻土的样子一定很笨拙，但我还是耐心地将花盆表面的土，都翻了一遍。这样，你的呼吸就可以畅通一些了。

我并不是一个爱花草的人，以前，阳台上的花草，也都是家人侍弄的，我只是偶尔去观赏一下它们，就像我在公园里，随意张望一下那些花团锦簇一样。这棵忽然冒出来的嫩芽却不同，它是自己钻出来的，是我发现它的，对它便有了一种特殊的情感。每天，早晨上班之前，我都会为它浇点水；下班回到家，第一件事，也是直接去阳台看看它。有一天，我看见它的叶片上，爬着一只什么小虫，我不清楚这只小虫是不是来蚕食它的，但我还是毫不犹豫地将小虫捉走了。

它茁壮地成长。

它已经枝叶旺盛了。我拍了照片，发在朋友圈里，希望有人能认出它。竟然没有人能叫出它的名字。我想，可能是我的朋友圈太小了吧。这个世界，认识我的人同样不多。没关系，我给你取个名字吧，我就唤你小叶，春天里的一片叶子。你的叶子抖了抖，我就当你同意了。

随后的一些天，我疲于工作，为生计奔波。当然，再忙，我也会看望你，为你浇浇水啥的。有时候，心情不大好，我还会跟你唠叨几句，发几句牢骚。一株植物，本不需要分担一个人的烦恼的。

在春末的某一天，你竟然开出了几朵碎花。我努力嗅了嗅，没有花香。但我没有责怪你的意思，你也不必失望，没有香味，花型也不美，但你已然是一朵花，你盛开了，这比什么都重要。

我期待着它结果。但是，没有。而且，它慢慢枯萎了，死了。

它的生命如此短暂。我失落而伤感。但是，亲爱的小叶，我见证并陪伴了你的一生。就像在这个杂乱的世界，总有那么一两个人，默默地陪伴了我们一生，而很可能我们并不自知一样。

早晨从一朵花开始

窗外又传来叽叽喳喳的鸟雀声。

最近一段时间以来，每天一大早，我都是在鸟雀声中醒来的。在城市生活已久，除了公园之外，很少能够听到鸟声。是什么吸引了这些鸟雀，来到我的窗前？

我好奇地来到阳台上。树冠和栅栏上，飞跃着一大群麻雀，还有几只画眉、燕雀以及我叫不出名字的小鸟，叽叽喳喳地叫着，跳着，闹着，围着一楼的院子，似乎在迫不及待地等待什么。

低头，看见一楼的院子里，一大一小，两个身影，正在弯腰忙碌着。我认得她们，她们是楼下搬来不久的邻居，一家印度人，听说男主人就在附近的一家软件公司做工程师。正在忙碌的是母女。小女孩五六岁的样子，还没有上学，英语很好。他们是我们这个小区唯一一个外国人家庭，所以，很快就引起了大家的注意。我虽然就住在他们楼上，却还没有和他们打过什么交道。

她们在作画。奇怪的是，并不是在纸上，而是直接在地面上；

也不是用笔墨油彩，而是用一种粉末状的东西均匀地撒在地面上。她们搬来的第二天，我就惊讶地发现，一楼院子的空地上，突然冒出的一朵盛开的海棠花，从楼上俯瞰，一层一层的花瓣，竞相怒放，丰润、立体、鲜艳。以为是一朵真花，细看，竟是彩色的粉末做成的。真的很美，使灰色的地面立即有了生机。但我实在不明白，她们为什么要在地面上画一朵花。第二天，海棠花没了，变成了一朵红色的牡丹，在边上两片绿叶的映衬下，牡丹花显得无比娇艳。第三天，牡丹花又变成了一朵米黄色的玫瑰，含苞待放……每天，在那块空地上，都会有一朵或一簇花朵，灿烂地盛开，或红，或黄，或粉，或紫，五颜六色，娇艳欲滴。

我好奇地注视着她们，这是我第一次看见她们在作画。妈妈先用灰色的粉末，勾出边线，女儿端着一个彩色的盒子，跟在后面，往线里面撒着彩色的粉末，一会儿，一片花瓣现出了它优美的形态，一片叶子，伸展出它的经脉。"真的太美了。"我不由啧啧赞叹。

听到楼上的动静，母女两人都直起腰，抬头。言语不通，我冲她们竖起大拇指。"您好，先生，我们没打扰您吧？"没想到，女孩的妈妈竟然会讲普通话。女人看出了我的惊讶，解释说，她大学学的专业就是汉语。我冲她们笑笑："你们的花，真美！谢谢！"树枝上的鸟雀，叽叽喳喳地叫着，好像在响应我似的。

她们继续作画。早晨的空气清新、凉爽，有隐隐的花香和泥土的气息。五片红色的花瓣，盛开，中间是黄色的花蕊。不认识。我问她们："这叫什么花？"女人笑着说："木棉花，是我家乡最常见的一种花。"

犹豫了一下，我终于忍不住，问出了那个一直困扰我的问题：为什么要在地面上作画？女人直起腰，抬头看看西方，那是她家乡的方向吧。她说，这是她家乡的习俗，也是一种宗教仪式。她的家在印度北部比哈尔邦的一个偏僻、贫瘠的小村庄，每天早晨，只要有女孩子的家庭，一大早女孩子做的第一件事情，就是在自己家的门口用彩色的粉末作画，可以是一朵花，也可以是一棵树，还可以是一座房子。彩色的粉末画，是灰色村庄中唯一的亮色。

女人指指手中的盘子说，这个盆子里的粉末，就是用稻米和小麦做的，需要什么颜色，加一点植物的颜料就可以了。女人说，在自己的家乡，直到今天，还很贫穷，粮食并不富余。那为什么还要用粮食的粉末来作画呢？女人指指站在树上的鸟雀说，因为我们相信，每一个生命都值得尊重，包括天上的这些飞鸟。用粮食的粉末作画，既美化了自己的家，又可以让路过的鸟吃饱肚子。

我们的一天，是从一朵花开始的。女人腼腆而自豪地说。我到中国已经六七年了，在几个城市生活过，这个习惯至今保持着。

原来是这样。我由衷地向她们母女点头致谢。小女孩对着树上飞来飞去的小鸟，叽里咕噜说了些什么，然后，拉着母亲的手，往家里走。她是要把这朵花，这个院子，以及这个早晨，都让给那些迫不及待的鸟儿们吧。

我也轻轻地从阳台退回房间。我看到众鸟扑棱棱飞进院子，我听见了它们欢快的歌唱，在这个无比清澈、无比美丽的早晨。

帮我们看清世界的"眼睛"

　　Emily Lee 是一名自由摄影师,以拍摄动物为主,在她的镜头下,动物和人和谐相处,构建了一个充满爱的温暖世界。她的最著名的一组摄影作品《女孩与小鹿》,讲述的是一个女孩与一头小鹿的故事,照片中,小鹿与女孩相互依偎,草地上、帐篷里、小路旁,到处都是她们亲昵地生活在一起的场景。这是一个爱的故事。Emily Lee 在自己的博客中写道:"很多情况下,透过镜头看这个世界,会让我看得更清楚。"

　　另一位同为动物摄影师的 Nick Brandt,长期旅居在非洲,他的镜头,捕捉着非洲大草原上真正的主人——野生动物们。通过他的镜头,我们第一次发现,生活在这片广袤的原生态草原下的野生动物,如此神秘,又如此华丽。他拍的大象如金字塔一般厚重,他拍的犀牛像黑炭一样古老,他拍的猿猴甚至比人类更聪明,他拍的虎仔顽皮而霸气。Nick Brandt 曾经对采访他的记者说:"我的镜头捕捉到的,永远比我的眼睛看到的,更接近真实的非洲。"

镜头是他们的另一只眼睛，它帮助他们，更加清晰地看清这个世界。

我的一位朋友是外科医生，平时与他的接触中，感觉他是一个特别木讷的人，朋友聚集在一起的时候，他的话最少，偶尔蹦出来几句话，也常常不搭调。他的妻子，也认为他是一个动手能力很差、办事拖沓、毫无情趣的人，就连家里电器坏了、下水道堵了，这些一般需要男人解决的问题，他一概显得比妻子更束手无策。可是，就是这样一个人，每年却主刀做了400多台手术。只要一走进手术室，拿起手术刀，他就像彻底地变成了另外一个人，头脑清晰、判断准确、下刀果断、动作干净利索。在他的手术刀下，每年有几百人摆脱了疾病的纠缠，挽回了健康和生命，被公认为外科第一刀。我曾经好奇地问过他，在生活中和手术台前，为什么会判若两人？他挠挠头皮，憨憨地说，在无影灯下，一拿起手术刀，自己的思路就会特别敏锐，即使再细微的病灶，也难逃他的眼睛和手术刀。我想，也许对他来说，手术刀就是他的另一只眼睛吧，让他更清晰地看清眼前的病灶，那是属于他的世界。

有一次，我去采访一位微雕大师，他能在一根头发丝上，刻下一首唐诗。他曾经在一块象牙上，雕刻了全本《水浒传》，从而获得了吉尼斯世界纪录。在去采访他的路上，我想象着他应该是一个束着长发、目光犀利的艺术大师的形象。然而，当我见到他时，眼前的却是一个戴着厚厚的近视眼镜、动作迟缓、衣着邋遢的中年男人。我递给他一张名片，他竟然凑到眼前，才看清我是报社的记者。采访快结束时,我们请他现场示范一下,在一根发丝上雕刻,以便我们拍几张照片。他欣然同意。他将一根头发放在高倍显微镜下,又拿出一把刻刀。我只看到了刀柄,比发丝还要精细十几倍的刀尖和刀刃,我们根本看不见。他戴着眼镜,凑到显微镜的窥孔前,开始雕刻。他的神情一下子变得专注、凝重起来,只见他一只手捏着发尖,一只手极轻微地旋转着刀柄,世界骤然安静了、停滞了、凝固了,只听见我们自己的呼吸。半个多小时后,他从容收刀。我们好奇地凑到显微镜下观看,一首李白的《静夜思》赫然呈现在眼前,笔锋锐利,宛如一幅精致的书法作品。再看眼前的他,已经又恢复了一个有点迟缓的中年男人模样。我想,他手中精细若无的刻刀,才是他看清这个世界的眼睛吧。

豁然明白,摄影师手中的镜头,外科医生手中的手术刀,雕刻家手中的刻刀,那才是他们拥有的更明亮的眼睛,透过这双眼睛,他们看到了我们从未留意、没有看到,也无法看清的另一个真实世界。在那个世界里,他们目光如炬,充满睿智,身手敏捷。那是兴趣所在,是灵魂的自然流露,是我们这个社会所极需的专业精神。

我们都需要这样一双眼睛,来帮我们看清自己的世界。

到山顶还有多远？

登山，常有人问，到山顶还有多远。

如果是刚入山不久，攀爬不过百阶，就有人发问，到山顶还有多远，这人多半对爬山本来就有畏惧，心里犹疑着到底值不值得那么辛苦地爬上去。这时候，你若告诉他，刚开始爬，早着呢。他正好给自己一个台阶下，抬眼望一眼山顶，幽幽地说，算了，不爬了。

到了半山腰，问的人最多，到山顶还有多远。已经累得气喘吁吁，体力和毅力这会儿都消耗得差不多了。可是，山顶似乎还是遥不可及。这是爬山最艰难的一段，克服过去了，往往能成功登顶。但也有很多人，就是在这个半途打了退堂鼓，前功尽弃。回答很重要。倘若你轻松地告诉他，已经爬了一半多了，快到山顶了，就会给他很大信心。设若你无力而同情地告诉他，快一半了吧，则让他对后半程，充满了恐惧。

拐个弯，就到山顶了，这时候，还会有人上气不接下气地问：

"到山顶还有多远?"这时候的人,皆已疲惫不堪,到了极限。但你告诉它,拐个弯就到了。犹如打了一针兴奋剂,刚刚还疲沓无力的双脚,立即又虎虎生风,仿佛有了无穷的力量。也有人好开玩笑,偏要逗逗他,早呢,慢慢爬吧。登山者最后那点力气和信心,像漏气的皮球一样,瞬间瘪了。你赶紧告诉他,逗你呢,拐过这个弯,就到山顶了。真的?真的!力量重又回到他的身上。

到山顶还有多远?第一次爬一座山,很多人都会发问。那么,如果是你,你会问什么人。

问得最多的,是正下山的人。他们刚刚从山顶下来,个个像凯旋的英雄,对刚刚爬过的山路,当然最有发言权。

不过,同样是刚下山的人,问不同的人,答案和效果,也不一样。

最好是问与自己差不多的同龄人。同龄人,体力差不多,耐受力也差不多,最重要的是,感觉也差不多。他告诉你,还有多远到山顶,往往是最接近你的体力、耐力和信心的答案。你是个中老年人,问的却是一个年轻人,他告诉你"快到山顶了",那是以他的体能所论,你做不到。

同样在半山腰,你问一个体格健硕的人,他会简洁而有力地告诉你,快了。如果问的是一个病恹恹或显然体力不支的人,他就会有气无力地告诉你,早着呢。每个人的回答里,其实都带着自己的感受。

也有可能是这样的,你问的那个人,自己心生畏惧,或体力不逮，而半途折返的人。他自己都没有爬到山顶，如何告诉你，到底还有多远呢？他自己都没有信心了，如何传递一点力量给你呢？

问一个与你一样爬山的人，还是问一个生活或工作在这座山里的人？

很多人会选择问生活或工作在山里的人，他们对山里的每条路，都了如指掌，能准确地告诉你，现在处于山的哪个位置，离山顶到底还有多远。唯一的问题是，因为生活在山里，天天走山路，他们个个都练就了如履平川的本事，因此，他眼里和脚下的远近，与你眼里和脚下的远近，其实是不相等的。而一个游客，一个与你一样普通的爬山人，感受和感觉，就会相近得多。

有人会在问过"到山顶还有多远"之后，又追问了另一个问题："山顶好看吗？"这真是一个愚蠢透顶的问题，山顶之上，能看到什么，领略到什么，是只有自己站在山巅之上，才能切身感受、体会到的。别人能告诉你的，永远是别人的感受。没有人能告诉你，当你站上山巅，会看到什么，想到什么。没有人能回答，那个只属于你的境界。

就像没有人能回答，你的人生是不是精彩。

一杯水养活的植物

办公室有位女同事,她的案头养了一盆花。

我叫不出那花的名字,但我看得出,它绿得很好看,活得很滋润的样子。

我一抬头,就能看见那盆花。我看不见女同事,她总是在埋头干活,仿佛有永远也做不完的工作。那花不一样,它很悠闲,除了在偶尔窜进来的风中,摇一摇,搔首弄姿,甩出一鞭子绿来,剩下来的时间,它只能像个没有报酬的监工,把我们挨个扫一眼,再扫一眼。

有一天,我走近它,想看看它到底长什么样。我惊讶地看见,它其实是长在一盆水中。

肚子圆鼓鼓的花盆,是玻璃做的,透明,能看见里面的水,以及它的根。我第一次看见一株植物的根,如此裸露,如此茂密,就像一个人所有的隐私都暴露在外,孤独而无助。这些根须们,很努力地往四下伸展,往东,抓到的是水;往西,抓到的还是水。有的根须,探到了边,它终于触碰到了坚硬之物,它以为是泥土吗?我一直固执地以为,植物都是需要泥土的,没有泥土,没有大地,它们怎能活呢?它一次次努力扎进去,希望自己能像所有别的植物那样,将根深深地扎进土地里。它没能成功,它无法将自己的根,扎进一块透明但无比坚硬的玻璃里。

只有水,它是怎么活的?

女同事从一堆文件中抬起头,诧异地看着我,就像我又提出了一个古怪的问题。在他们的印象中,我的脑海里,总是会被各种稀奇古怪的问题占据。她平静地说,它就是活在水里的啊。

就跟没有回答一样。我是问,它仅仅靠水活着吗?你就没有往水里,滴一些营养液什么的?

她摇摇头,说:"我只是偶尔给它换换水。"

它真的只是靠那盆水活着,而且,活得很绿,很健康的样子。这让我对它,除了喜爱,还多了一份尊重。

除了换水,我从来没有看见她为它做点什么。但是有一天,她忽然往玻璃盆里投食,像个妈妈一样。我看见一粒粒食物,晃晃悠悠地往水底沉去,忽然,一个红色的影子,从根须里蹿出来,一口将食物吞掉。一条小金鱼。

她在水盆里,又养了一条,哦,不,是两条小金鱼。

两条小金鱼,在根须中,游弋,穿梭,它的茂密的根须,就像一片丛林。它一直如此寂静而落寞,现在热闹了,两条小金鱼,就像树林里忽然来了两个儿童,谁也无法阻止他们带来喧闹和欢乐。

她每天准时给两条小金鱼投食，而且，水换得也勤快多了，几乎每天都换。可是，两个星期后，一条金鱼忽然死了，另一条，跟着也死了。

金鱼死了，它还活着。

除了水，没有别的任何东西，甚至没有阳光，但它活着。我不能理解，它是怎么做到的。

也许，这水里，这空气里，已有足够一盆水生植物生存所需的营养，我们只是不明白，它是怎么获取、吸收它们的，就像很多人不能理解，在这平淡甚至无味的日常生活里，我们是怎么获取爱与被爱的。

我在城市遇见了稻草

一场期待已久的大雪，骤降南方。

人们看到了久违的漫天飞舞的雪花，激动不已。雪落在地上，有的倏忽融化了，有的却慢慢堆积，随着气温下降，融化的雪结成冰。在短暂的兴奋之后，人们很快发现，道变滑了，路难走了，危机四伏，到处是花样摔倒的行人和追尾的汽车。

一块块草垫，像一片片巨大的雪花，从天而降，铺在城市的马路上，斜坡上，台阶上，人行道上，楼梯入口……在一切可能让人滑倒摔跤的地方，都铺上了草垫。

我一眼就认出来了，它们是稻草垫。

多么丑的稻草垫啊。黄黄的，土土的，粗糙，杂乱，不精致，没有美感。如果不是一场大雪，没有人愿意将干净漂亮的鞋，踏足其上，人们宁愿绕道而行。可是，现在，铺在雪地上的稻草垫，成了你脚下最坚实的依靠，走在稻草垫上，让你觉得从未有过的安全。它不是救命的稻草，但它有效地防止了你滑倒摔跤。

有那么多垫子,为什么人们会选择稻草垫?一个原因是稻草便宜,还有一个原因是稻草众多。当然,最重要的原因还在于,它耐磨,防滑,能忍辱,肯负重,宁愿自己被踏成草浆,也绝不滑动半步。它是值得信赖的。

城里不生长稻草,它们的家,在遥远的乡下。在它们被收割之后,不,准确地说,是稻被收割之后,承载它们的草,被扎成捆,运到了城里。有的做成了草垫;有的被作为短绳子,捆绑同样来自乡下的蔬菜;还有的进了造纸厂,被打成了纸浆。

如果它们不来到城里,在乡下,它们有更大的用途。

它是柴火。在农村,稻草并不是上好的柴火,它的燃点不高,不容易点着;火焰也不够猛烈,烧不出熊熊大火。但是,烧过农村土灶的人都知道,用稻草煮的饭,却是最糯最香的,它不温不火,不疾不徐,慢腾腾地把大锅里的米,煮熟,煮透,煮香。你要知道,那些稻米,与稻草曾经是一体,是人将它们分开,一半成了稻,另一半成了草,它们在厨房再次相遇,稻草用它最温柔最耐久的火焰和温度,将生米煮成了香喷喷的熟饭。"煮豆燃豆萁,豆在釜中泣",那是文人骚客的想法,稻和稻草,都不这么想。

它也是牛的食物。春天和夏天,草木茂盛,牛自然更喜欢吃鲜嫩的草,但是,到了冬天,百草凋零,牛能吃到的,就只有稻草了。农人将牛棚里铺满稻草,一半是让牛御寒的,另一半是让它拿来当作食物的。牛困了,窝在稻草上暖暖地睡一觉,醒了,饿了,用舌头卷几根稻草,填饱肚子。牛劳作了一个春天,一个夏天,和一个秋天,只有在寒冷的冬天,才可以歇一歇。一捆稻草下肚,牛吃饱了,打个嗝,然后,把肚子里的那些稻草,再反刍一遍,就像一个人的回忆,一天就算过去了。

它可以做成稻草人,孤独地站在田野上,为庄稼守望;

它可以织成草绳,结成草网,成为生活的帮手;

它可以做成屋顶,以稻草做的屋子,冬暖夏凉,宜于居住;

就算它被做成了草包,当洪水来临,它也是第一个跳下水,阻挡洪水,保卫家乡……

如果不是一场大雪,我不会在城里遇见它们——稻草。我看见它们,就像看见了我乡下的兄弟,粗糙,温暖,亲切。

我看见一幢高大气派的大楼台阶上,也铺上了一块块稻草垫,这些乱糟糟的家伙,显得与环境如此格格不入。不过,大雪让人们暂时忘记了它的低贱和丑陋,我看见衣着华丽的人们,以及几位快递哥和送水哥,都走在草垫上,这让他们感觉踏实和安全。

倒木是森林的另一种姿势

　　往长白山地下森林的游步道两旁，参天的丛林之中，横七竖八散布着一棵棵倒下的大树。这些曾经挺拔高大的树木，此刻安静地将它们的身躯横卧在大地之上，全身长满绿苔，有的已经枯烂，露出黄褐色的木心。这是一个寂寞的世界。听不到鸟鸣，鸟只栖落在高高的树枝上；见不到阳光，森林太茂密了，那些依然屹立的大树，尽可能地伸展枝丫，将所有能采集到的阳光都收入囊中；甚至听不到一丝风声，丛林里的风，都是从一个树尖跃到另一个树尖，从一片叶子跳到另一片叶子，发出迷幻般的哨音。

　　它们叫倒木，倒下的树木。

　　这些大树，大都是大风刮过森林时倒下的。有的是垂垂老矣的大树，已经活了几百年，甚至更久的时间。巨大的树干，差不多被时间掏空了，大风起时，它们摇摇晃晃地一头栽倒，停止了呼吸。它身边的大树，差不多都是它的子孙和后辈，它们想搀扶住它，可是，它的躯干太沉了，而且，也许它自己也觉得活得够久了，它已经以一种姿势站了几百年，累了。因此，事实上也可以理解为它是顺势倒下的。

也有正值壮年、生命旺盛的大树，骤然被大风连根拔起的。它们本是森林中的王者，树干比别的大树更加粗壮，树冠比别的大树更加繁茂，它们的根也一定比别的大树扎得更深、更密、更牢固，但是，大风起兮，它们却轰然倒塌，巨大的响声令整个森林颤抖。在众多的倒木中，那些倔强地以倾斜的姿势不肯完全倒下的，就是这样的大树，它们像四五十岁的壮汉一样，还有很多未竟的人生，怎么甘心就此倒下呢。

不管它们当初是怎么倒下的，当我们遇到它们时，它们就已经倒下了，死了，枯烂了，我们没有见过它们挺拔站立的姿势，仿佛它们生来就是这样倒卧似的。从它们身边走过时，我听到了很多议论，大多是惋惜、唏嘘，这么粗壮的大树，怎么就倒了呢？

还有人不解地问，这么粗大的树木，为什么任凭它在森林中枯烂，而不将它们运出去，制成木材，让它继续发挥作用？有人甚至当场计算，这样一棵倒木，如果开成木板的话，可以打出多少个柜子，多少只箱子，多少张桌子，多少把椅子……可都是绝对的实木哦。

景区的工作人员却告诉我们，千万别小看了这些倒木，它们是森林的温床，可以说，没有了它们，就没有茂盛的原始森林。

森林中超过八成的树木幼苗，是从倒木上繁育起来的，故有倒木是森林的温床之说；倒木又是微生物的栖息地，小树苗成长过程中，所需的大量的营养成分，如倒木自身所含的 C、N、P 等营养成分，就是靠这些微生物分解提供的。因而倒木又是森林的"奶娘"，无私地把一棵棵小树苗拉扯大。

没错，看起来有点煞风景的倒木，事实上，恰是森林不可分割的重要部分。一棵大树倒下了，成了倒木，它的叶子脱落了，枝杆枯萎了，躯干腐烂了，但它并没有死亡，也没有荒废，它只是换了一种姿势，像一位母亲一样敞开了怀抱，是一棵树之于森林的另一种姿态。

对于一棵倒木来说，重新站起来，倒或许并不是它的愿望，让更多的小树发芽、生长，站成森林，这才是它最大的梦想吧。而被打造成一件实用的实木家具，这恐怕是所有的倒木，最不愿意做的事情，因此，一棵倒木，一定是极不情愿走出森林的。

在森林之中，总有一些树木，会因为这样那样的原因倒下。不过，纵使倒下了，枯萎了，腐烂了，它们也还是丛林的一部分。如果你肯放下成见，蹲下身，从另一个角度去看它，就会发现，它只是在丛林中换了一个姿势，它依然是挺拔的，高大的，令人尊敬并值得仰视的。

倒木，是大树的另一个境界。这与那些多舛而又不羁的人生，是多么相似啊。

心有多大，院子就有多大

朋友所在的小区，几乎家家都有院子，但是大小不一样，大的有一百多平方，小的只有二十来平方。

朋友领我们去参观几个院子。

一家的院子里，除了原来的草坪外，还栽种了几棵果树，都还是小树苗，不过，你可以想象若干年后，它们枝叶茂盛，挂满各种水果的情形。

另一家的院子，在门口铺了一截防腐木，院子的一隅，搭了个大狗窝，另一隅砌了个水池，原本还算宽敞的院子，因而显得有点逼仄。

印象最深的，是有一户人家的院子，种满了花草，这不稀奇，稀罕的是主人从乡下淘来的那些废弃的旧物品或农具什么的。一个磕破了一角的石头槽子，据说是农家喂猪用的，主人将它洗刷干净后，架在花坛下，浇花淋下来的水，沥到水槽里，满了，从破角处缓缓溢出，便有了流水的韵味。再往下一层，是主人从农家买来的几个石磨，当年是磨豆腐用的，水沿着沟槽铺沿，石磨里残存的豆汁和旧日子的气息，慢慢弥散开来。院子的墙上，挂着几个废旧的汽车轮胎，吊兰垂挂，常春藤努力向上攀登着，几乎将轮胎淹没。还有一个轮胎里种的是吊竹梅，圆圆的绿叶，像繁星一样。这些花草啊，农具啊，摆设啊，它们从不同的角落，忽然汇聚到了这里，各自盛开，各自生趣，层层叠叠，周转蜿蜒，相得益彰，处处透出主人的用心。

听说这家主人，每往乡下或外地，必淘回不少的小物件，丰富着他的院子。我们笑说，幸亏你的院子足够大，能容纳这一切。主人笑了，他家的院子只有不到三十平方，差不多是这个小区最小的院子了。惊讶环顾，还真没看出来。

朋友又领我们去参观了小区最大的院子，足足一百二十多平方。院子里原来的草坪都被硬化了，铺上了大理石，看起来像个小广场。四周高高的铁艺围栏，将院子与别人家严严实实地隔离开来。朋友说，这才叫大院子吧。我点点头，又摇摇头，这不叫大，那叫空旷。

我喜欢那个小而层峦的院子，因为它是建在心上的，它因而是充盈的、丰满的、灵动的。没有比一颗丰盈之心，更大的院子。

菜的前身是植物

和朋友到南方出差。在城郊闲逛时，路边遇见一位卖菱角的老农，篮子里的菱角，色泽青翠，个个饱满。一问，原来都是从老农身后的池塘里，刚刚采摘上来的，难怪这么新鲜。朋友一下子买了好几斤，但向老农提了个要求，就是帮他到池塘里采摘一棵有茎有叶的完整菱角送给他。老农不解其意，但还是乐呵呵地走上岸边的小划子，划到水中央，拎起一棵菱，轻轻一提，像拉网一样，拽上来一棵完整的菱角。

回到岸上，老农将手中的菱角递给朋友。我和朋友都惊讶地张大了嘴巴，没想到菱角竟然是长成这样的，像伞一样张开的叶丛中，悬挂着几颗还没有成熟的小菱角，而整棵菱角，有茎，有叶，有泡，有根，有须。最奇怪的是，它的根竟是从一棵老菱生发出来的。以前也吃过菱角，却完全不知道菱角是这样的形状。朋友小心翼翼地将整棵菱角收好，装进袋里。见我疑惑，朋友笑着说，带回家给孩子看一看。

真是一位有心的父亲。回城的路上，我们的话题，从那棵完整的菱角，自然散开。

朋友告诉我，每次去市场买菜，他都有一个习惯，就是专挑那些有根有枝有叶的蔬菜买。除了这样的菜更新鲜之外，朋友解释说，他的目的是让孩子看看一棵菜它本来的模样。

有一次，朋友买菜的路上，看见一个挑着担子的农妇，筐子里全是连秆的毛豆，秆子上一串串的毛豆，翠绿，饱满，豆荚上的白色绒毛，清晰可见，显然是刚从庄稼地里收割上来的。朋友拦下农妇，说服农妇卖几棵给他，农妇为难地挠着头皮，还是头一次遇到有人这样买毛豆呢。朋友抱着毛豆秆回到家，放学回家的儿子看到毛豆秆，一脸兴奋，拿起一棵毛豆，瞅了半天，嘴里嘟囔着，原来毛豆是这样的啊。小家伙还第一次主动帮爸爸剥毛豆米，小手从豆秆上摘下一个毛豆荚，吃力地剥开豆荚中的豆米，再摘一棵。朋友说，那时候儿子上幼儿园大班，以前别说让他帮忙干点家务活，连吃饭都得哄。没想到，一棵连秆的毛豆，会让孩子产生如此浓厚的兴趣。

自此之后，再去市场买菜，只要碰到连根连叶的，他都会买下。一般人买菜，都会让卖菜的将根啊须啊叶啊枝啊什么的，都剔除掉，买的是净菜。朋友不同，他总是尽可能地买下根须完整的菜。而每次买菜回家，儿子都会跑过来，好奇地翻翻看看，爸爸的菜篮子里，又多了什么他还没见过的宝贝。在孩子看来，爸爸的菜篮子，就像一个百宝箱一样，经常带回来一些陌生而神奇的菜。

后来，朋友在菜市场上认识了一位菜农，他卖的菜都是自家菜园子里种出来的。朋友大喜,和菜农约定,今后有什么新菜上市的时候,给他带一棵连秆连叶的。菜农不明其意,朋友告知缘由,菜农非常乐意帮忙。这位菜农,带给过朋友一棵辣椒,上面既有青的辣椒,也有红的辣椒,还开着一两朵尚未结实的辣椒花。朋友说,不但儿子没见过,他自己以前也一直以为,青辣椒就是小的青辣椒长大的,红辣椒则是小的红辣椒长成的。还有一次,菜农带给他一串连蔓叶的红薯,一根藤蔓上,挂着大大小小十几个红薯,有趣极了。已经上小学的儿子喜出望外,亲热地抱着红薯,就像抱着心爱的玩具一样,多少天都没舍得吃掉。以前儿子也吃过很多次烤红薯,以为红薯天生都是一个一个的,谁知道,它们竟然是一串一串的呢。朋友乘机和儿子一起上网搜索查看,对红薯有了更多的了解。恰好几天之后,一篇课文提到红薯,儿子大出风头,在课堂上将自己了解到的红薯知识讲给同学们听,连老师都刮目相看。

有时候,朋友也会利用双休日带着儿子到郊外去踏青,看看地里的庄稼和蔬菜。每次郊游,儿子都会有一些田园风光之外的意外收获。而每次出差到外地,朋友也都会逛逛当地的农贸市场,遇到当地产的蔬菜,他都会买上几棵连根连叶的捎带回家,这成了他每次出门带给儿子的最好礼物。朋友说,现在,儿子已经读中学了,对生物特别感兴趣。这也许就是潜移默化的作用吧。

看着朋友手里拎着的菱角,我忽然明白,菜的前身是一株有生命的植物,而我们却常常忽略了她。除了能给予我们营养,她还可以告诉我们一些关于生命的意义。

从窗户看到的巴黎

巴黎能被挡住的地方不多,你从某个地铁站钻出来,四周一看,激动得不得了:瞧,那不是埃菲尔铁塔吗?那不是凯旋门吗?

没错,那是它们,隔几条街,甚至十几条街,你都能远远地看到它们。你在巴黎的任何一个角落能看到埃菲尔铁塔或者一座方尖碑,都不算什么稀罕事,毕竟巴黎到处都是古迹,处处皆景。

第三次来到巴黎旅行,我决定不再像以往那样,拿着导游图四处奔走,我希望自己能从另一个角度看一眼我似乎开始熟悉却依然陌生的巴黎。

行前,恰好看到美国女摄影师 Halaban,做过的一个项目 "Out of my window",透过拍摄窗户记录人们的生活。她在巴黎街头拍摄了一个又一个窗户,不同的不是窗户的年代和形状,而是窗户里不同的人的生活。她将这些窗户照片出了一本书,叫《巴黎视角》,里面有一句话打动了我,"窗户里的生活是他们,也是我们"。

我忽然好奇地想,如果我就是某扇窗户里的人,我能看到怎样一个巴黎？这是我试图找到的另一个巴黎视角。

这一次的巴黎之行，我尽量不错过任何一次能从窗户看出去的机会，透过或大或小、或方或圆的窗户，看一眼窗外的巴黎。

当然，作为一名游客，我能找到的窗户其实并不多，但有三扇窗户，让我印象深刻。

一扇是丁香咖啡馆的窗户。塞纳河左岸，有很多咖啡馆，几乎每一家咖啡馆，都有自己的像咖啡一样深沉醇厚的历史和传说。这家 1847 年就开始营业的丁香咖啡馆，就曾经是巴黎新思潮青年扎堆的地方。我靠着手机导航，找到了位于蒙巴那斯大街上的它。与许多咖啡馆一样，它也位于街头的转角，诗人、作家、哲学家和艺术家们，以及还没来得及成为大家的新思潮青年们，在这里一边喝着咖啡，一边探讨各自的立场和观点。我在它开业 170 年之后，莽撞地走进了它。很多人宁愿坐在一楼临街的屋檐下，喝一杯咖啡，然后，继续他们的旅程。我挑选了 2 楼的一个临窗的座位。这家咖啡馆，接待过左拉、塞尚和海明威等一大批大师名流，伏尔泰和卢梭也是常客。伏尔泰品尝了他今天的第三十九杯咖啡，也列好了法国王室不合理的第二十条理由，然后，踌躇满志地走出咖啡馆，向右转去；而与他意见总是不合的卢梭，一口喝干了剩下来的半杯咖啡后，出门，向左转去。我从二楼的窗户看下去，正好看到转角，如果我能穿越时光，我就能看到他们各自离去的背影，向着完全不同的方向。转角总是能给人不同的方向和选择。那些怀揣不同理想和信念的新青年们，在走出咖啡馆后，也往各自不同的转角，决然而去。巴黎的很多房屋，都处于转角，通往不同的方向，那是一个人回家的方向，也可能代表了他们不同的人生方向。今天，我从古老的丁香咖啡馆的窗户，似乎可以一目了然。

另一扇窗户，位于巴黎圣母院南侧不远的莎士比亚书店二楼。从逼仄的楼梯走上去，穿过一个狭小的通道，你能看到这家著名的书店唯一的一扇窗户。它正对着巴黎圣母院，不过，你得弯下腰，以谦恭的姿势才能看到巴黎圣母院的一角，以及绿荫下的塞纳河。我对巴黎圣母院的全部认识，来自雨果的同名小说，就像我之所以选择走进这家小小的书店，都是因为惠特曼、海明威、斯坦因等大作家。这家书店只卖英文书籍，一家开在巴黎的书店，却只卖英文书籍，在法语世界中站稳了自己的脚跟，而且成为巴黎的一个文化地标，可见文学的力量。

我想与大家分享的另一扇窗户，是我在巴黎的临时住所——房东阿方斯的小公寓。这次巴黎之行，我选择了自由行，而且住的不是酒店，而是在爱比迎网站上预订的民宿。从房东阿方斯的手中接过钥匙后，他的这座公寓房就成了我在巴黎 5 天的家。我像个普通的巴黎人一样，每天早出晚归，自己做饭。最开心的事情，就是倒一杯红酒，站在窗前，往下看。我看到了什么呢？我看到老妇人牵着她的金毛狗，又出门遛狗去了；我看到那个背着书包的孩子，放学回来了；我看到一个青年，推着自行车，打开了楼道门……从这扇窗户，我以一个住户的眼光，看到了我的巴黎邻居们的日常生活。

一棵树的移植哲学

树挪死。

当然不一定。事实上，很多树从乡下挪到了城里，或者从偏僻之地挪到了道路的两旁，却活了下来。一棵树能挪而不死，关键在移植方法。

一棵树，从一个地方移植到另一个地方，就像一个要背井离乡的人，彻底地告别它的故土。它能不能活下来，很重要的一条，是看它带走了多少故乡的泥土——紧紧包裹它的土球，它一定要足够大，足够紧实，像一个人身上的乡音一样，无论走到哪里都不嫌不离不弃。哪怕是从贫瘠之地挪到富饶之土，一棵树，也一定要带上它原生的土壤，才能活下来。带着故土，换了新地方，一棵树就有了念想，也就有了活下去的勇气，这是一棵树对故土的依恋，你必须要充分尊重它。

一棵树，尤其是一棵有了年头的大树，它的根须早已深深地扎根在了故乡，它们在泥土之下，盘根错节，构筑了自己的根基，在故乡站稳了脚跟。我们在移植它的时候，能将它的根须带走的越多，它成活的概率就越大。可惜，我们不可能将它所有的根须都挖走，便只能挥泪斩马谡，将它多余的根须砍掉，斩断。它一定为此痛不欲生，伤口上的树汁，就是它的眼泪。除了为它包扎、处理好伤口，我们无法帮到它，但我们至少可以允许它在新的地方暗自疗伤，这需要一点时间，还需要一点耐心。如果我们在它移植后的第一个春天没有看到它发芽，不要着急，不要气馁，它的新根须也许已经萌生，并触碰到了周围的新泥土。只是这一切，都发生在地下，我们没有看见。

　　为一棵移植的树，提前挖好一个大坑，也是必需的。这个坑，就是它的新家了。你要舍得下力气，为它挖一个足够大、足够宽敞的坑。不是随便一个坑，就可以安顿一棵大树的，你要知道，它的新根须很脆弱、很娇嫩，需要有足够的空间让它伸展、探索、扎根下去。我看见有的人挖的树坑，很小，很浅，很敷衍，他忘了一棵树不同于一棵草，它的一半的世界是在泥土之下的，一棵只有深深扎根于大地之上的树，才能活下去，也才能站成一棵不倒的风景。

　　自带的土球，是一棵树能不能活下去的关键，但也不要忘了，唯有与移植之地的新土融为一体，一棵树才算真正挪活了。所以，为它培土，也非常重要。这些新土，最好是松软的，有营养的，不带病菌的，不排斥一棵新来的大树的。所有的泥土，都甘于为植物们奉献，哪怕它是外来的，不请自来的；所有的大树，也总是乐于将它们的根钻进泥土的深处，就像一个孩子，总喜欢一头扎进母亲的怀抱里。但它们终究还是生疏的，你需要用脚将它踩踏实，让新泥土和自带的泥土融合，让新泥土像怀抱一样，将土球和树根紧紧地揽入怀中。

接下来的事情，可能有点残酷：为了确保一棵树挪活，你得下点狠心，将它的叶子剪掉，将它的虬枝旁干锯掉。曾经枝繁叶茂的树冠，忽然成了一副光秃秃的模样，确实让人看着心疼，但这是真正为了它好，是为了不但让它今天活下来，而且明天能够更加枝叶繁盛。一棵挪活的树，可能几年之内难现昔日的辉煌，不过，假以时日，它一定能像往日一样，撑起一把巨大的绿伞，再次为我们遮阳挡雨。

此外，让一棵树挪而能活，为它浇水、施肥、晒太阳、除病虫害，也是不可或缺的。很多人以为，对一棵新移植的树，一定要勤浇水、多施肥，才能保其活命。这真是一个天大的误解。事实上，你的泛滥的好心和溺爱，可能非但无益，反而害了它。多余的水分，反而烂了其根；油腻的肥分，反而淹了其志；过度的阳光，反而暴毙了它的嫩芽。你要知道，一棵真正的大树，从来都不是娇生惯养的，即使它被移植，即使它背井离乡，即使它饱受苦难。

人挪活，大约也是这个道理吧。

今年我还没见过

蜿蜒的梯田上,金黄的油菜花层层叠叠,好看,壮观。油菜花吸引了蜜蜂,也引来了三三两两的游客。

一位女游客,一会儿蹲下来,凑近油菜花嗅嗅,一脸陶醉的样子;一会儿又摆出各种姿势,让同伴帮她与油菜花合影。看得出,她整个身心都陶醉在这满垄满坡的油菜花海洋里了。

一旁,一位正在干活的当地老农,直起腰,好奇地看着她,忍不住问:"姑娘,你是城里来的吧,第一次看见油菜花吧?"

她笑答:"老人家,我虽然一直生活在城里,但是,我年年都会来几趟乡下,也年年都看到油菜花呢。"

老农不解地问:"瞧把你激动的,我还以为你是第一次看见油菜花呢。你们城里人真当有趣,油菜花年年都开,也年年都这样,有什么好看的?"

她再次笑答:"老人家,虽然之前我年年都看过油菜花,但今年还没见过呢,所以,天气一暖和,我估摸着乡下的油菜花该开了，便约了她们几个，坐了几个小时的火车，特地赶来这里看油菜花。您老不要笑话，我之所以这么激动开心，是因为这还是我今年头一次看见它呢。"

今年我还没见过你，所以，我来了。这是多好的理由。

春天年年都来，小草年年都绿，油菜花年年都开，但是，隔了漫漫一年，历经了一年的风风雨雨，当春天又回来时，它在我们的眼里，就是簇新的；当小草又绿时，它在我们的眼里，就是可爱的；当油菜花又盛开时，它在我们的眼里，就是迷人的。当再见到它们时，我们就忍不住像第一次看见一个初生的婴儿，为之惊喜，为之迷恋，为之欢呼。

你怀着一颗新奇、感恩的心，这世界就永远是崭新、美艳的，充满了生机、惊喜和希望。

第二辑

和天空一起笑一笑

滴水的声音

"滴答,滴答",水声从楼板的缝隙里,一滴一滴滴下来。

他仰面躺在床上,无奈地瞪着楼板,困意包围着他,可就是睡不着。"滴答,滴答"的水声,不紧不慢地钻进他的神经,他快崩溃了。

这是一幢老式居民楼,屋顶和墙角隐约可见一道道缝隙,这使本来就不怎么隔音的楼板,更是形同虚设。搬进来已经一个多月了,虽然他还从未见过楼上的邻居,但从每晚拖沓、无力、慢条斯理的脚步声中,他断定楼上住着的一定是个老人,而且还是一个小气抠门的老人。从滴水声中可以判断出。有的老人为了省钱,故意将水龙头拧松一点点,这样,水一滴一滴滴下来,水表却不会转动。一定是这样的。他想。

"滴答,滴答",水声单调固执,没完没了地响着。每晚都是这样。他翻身起床,他必须跟楼上的邻居说清楚,他上夜班,白天要休息,他再也忍受不了这个折磨了。

"咚咚——"他敲开了楼上的门。

开门的是个老太太，一头花白头发，但看起来很精神。问他有什么事。

"哦，是这样的，我住在楼下，听到滴水的声音，好像是哪个地方漏水了。"他本来是气呼呼上来质问的，看见老太太，忽然改变了语气。他的远在乡下的老妈妈，也是这样一头白发。

老太太摇摇头，没地方漏水啊。

那我帮你检查一下吧。说着，他径直走向卫生间，滴水的声音，好像就是从这个方向传来的。

"滴答，滴答"，滴水声越来越清晰，果然是从卫生间传来的。可是，奇怪，水龙头是拧好的，不滴水，也没有接水的盆什么的。

"滴答，滴答"，滴水的声音很清脆。

环顾一周，他看见，原来在墙角，放着一个特制的架子，架子上放着一个盛满水的木盆，盆底铺着厚厚一层细沙，下面连着一个小漏斗，水，就是从那儿一滴一滴，滴到下面一个蓝色的水桶里。搞得像实验室一样。他迷惑不解地看着老太太，难道老太太是嫌自来水不干净，再自己过滤一下？

老太太不好意思地笑笑，这是俺老头子在世时，自己弄的。

他好奇地上下看看。上面盆里的水，略微有点浑浊，经过细沙过滤后，滴到水桶里的水，清澈多了。但他还是很迷茫。

老太太似乎看出了他的疑惑，解释说：盆里的水，都是我平时用过的水。这样过滤一下，明天还可以拿来洗洗衣服啥的。

原来是这样啊。这个老太太，真够节约的。这一点，多么像自己的妈妈啊。他想。

很久没回去看望母亲了。他忽然很想跟眼前这个老太太，多聊几句。

老太太说，不怕你笑话俺，俺也不单是为了省点水费，俺是舍不得水啊。

他笑了，这里是江南水乡，有的是水，有什么舍不得的。

老太太说，俺老家在陕北，说了你也许不相信，因为缺水，我们那儿的人，一年只洗一两次澡。有一年，特别干旱，连饮水都断了，要上十几里外的一个山脚，去接水。我和弟弟，每天都去接水。但山泉也快干枯了，水是一滴一滴滴下来，我们在下面用桶接着，一滴，一滴，接小半桶水，要等大半天呢。虽然又累又渴，可是，谁也舍不得喝口水。虽然要很长时间才能接一碗水，可是，听着"滴答，滴答"的水声，心里就踏实了。

老太太忽然显得不好意思起来，这么多年了，落了个病根子，就喜欢听"滴答，滴答"的水声。

他明白了。窗外，早晨的阳光非常灿烂，老太太的银发，一闪一闪。

他下楼，回家。躺在床上，"滴答，滴答"，从楼板的缝隙，传来滴水的声音。他告诉自己，其实，滴水的声音很美，真的很美啊。

他轻轻合上了眼皮。

给蚂蚁一根稻草

一个孩子，在地上发现了一只蚂蚁。

他太开心了。

他找来了一根稻草，或者别的什么草。他捏着草的一头，用另一头拦在蚂蚁的前面，试图让蚂蚁顺着这根草爬上来。蚂蚁看看草，绕开了。孩子再次将草拦在蚂蚁的前面，蚂蚁还是绕开了，它似乎觉察到了孩子的意图。

孩子想了想，索性将整根草丢在蚂蚁的前面。一根草，对一只蚂蚁来说，是一个不小的横亘。但这一回，蚂蚁犹豫了一下后，坚定地爬了上去。它一定是自信自己攀越这样一个障碍，不是什么难事。

孩子突然一把拎起了草。

现在，蚂蚁被悬在了空中，它往下瞄了一眼，天哪，万丈深渊！不过，蚂蚁并不害怕，它有6只细而有力的脚，可以牢牢地勾住草，不但如此，它还可以自如地在草上走动。蚂蚁在一根草上走动的时候，比人类走钢丝可坚定、从容多了。

它向一头走去。虽然只是一根草，但对于蚂蚁来说，这算是一条笔直的大道，它相信只要坚持往前走，就能找到出路，就能回家。

它很快走到了头。再往下，就是深渊了。它停顿了一下，立即掉头。它意识到，可能是自己走错了方向。

它往另一头走去的时候，孩子用另一只手捏住了另一头，然后，松开了这一头。

蚂蚁很快又走到了头，下面，又是深渊。

蚂蚁有点发蒙。刚才，那头是深渊，怎么这头还是深渊？难道是自己半途又走错了？

它再次掉头，往回走。它加快了脚步，但它并不急恼，它还是相信，只要自己坚定地往前走，总是能找到回家的路的。

孩子又一次在蚂蚁走到半路的时候，换了手。

蚂蚁又一次走到了尽头。它再次回头。

这只可怜的蚂蚁，就这样，来来回回地走啊，走啊。总是在尽头之处发现，前面是断崖，深渊！

现在它急了，拼命地在一根稻草上，走啊，跑啊，来来回回。它纳闷，怎么一条路，一头是深渊，另一头还是深渊？难道一条路，还能是无根无靠地悬挂在半空中吗？

它简直要崩溃了！

孩子兴奋地看着蚂蚁，在一根稻草上，来回徒劳地奔跑，奔跑。他已经这样玩了一个小时,或者更长时间。他会一直这么乐此不疲地玩下去吗?

孩子和蚂蚁都不知道,我一直站在二楼的阳台上,注视他们。现在,我有点累了,我怎么恍然觉得,自己也正奔走在这样一条稻草之上?

很多人与我同行。

和天空一起笑一笑

这几天,一组图片在网上疯传:天空笑了。金星和木星,与月亮同时出现在夜空中,并构成了一张灿烂的笑脸。

这是"双星伴月"的天象奇观,据气象专家说,类似的景观,每年只能出现一次。12月1日,全国很多地方都出现了这一奇观。很多人有幸目睹,并拿出照相机,将微笑的天空拍了下来。

在一家网站的论坛上,一个名为"我们拍到天空笑了"的帖子,短短两天时间,点击率就达到几十万次。"天空的笑脸"成了最热门的话题。很多人不仅将自己拍摄到的"笑脸"发到帖子上,还充分发挥各自的想象力,在照片上挥毫泼墨,进行再创作。

一颗金星,一颗木星,一弯月牙,会构成怎样一幅图画呢?

一名网友用黄色线条,勾出了"笑脸"的轮廓,然后,又在笑脸上,画了一个夸张的板刷头和一对大大的招风耳。一个邻家调皮男孩的形象,跃然纸上。

一名网友在笑脸的上面,画了七根直立的头发,并用粗线条勾勒出两颊,这不是那个著名的卡通形象"七喜小子"吗?月牙弯弯，这个酷酷的小子仿佛在说："怎么想，就怎么做吧。"

一名网友将笑脸画成了一只小白兔，黑漆漆的夜空下，小白兔的两只眼睛如豆，小小的嘴巴浅笑着，脸颊上显出两团云雾状的羞涩，好像她刚刚看到了人间的什么秘密似的。

还有一名网友，自嘲拍摄时，因为太激动，双手发抖，却意外地拍到了笑脸的"手抖版"图片，笑脸变形了，就像一个人惊讶、满足时的表情。

另一名网友拍的照片上，正好飘来一团淡淡的白云，与"笑脸"叠合在一起，让人惊奇的是，白云的形状很像一颗心，这名网友给他的照片取名"心里的'笑脸'"……

简简单单的两颗星星，加上一枚弯弯的月牙，就唤起了人们心中无限的遐想。一时间，每个人都成了艺术家，以夜幕为画布，以笑脸为原形，勾勒描绘自己心中的美好愿景。

网友们纷纷跟帖，表达自己的惊喜。很多网友跟帖说，浏览了这些照片，发现这个奇妙的天象太可爱了，我们生活在同一天空下，感觉很幸福。

也有一些网友表达了自己的遗憾。一位网友有点伤感地说，他没有看到天象奇观，错过了这个机会。因为，他已经很久没有心情，抬头仰望天空了。是啊，生活不容易，使我们有时只顾着低头赶路，而忘记了头顶之上，还有一穹蓝天。

抬头看看夜空吧，那些向你眨着眼睛的星星，和总是微笑的月亮，是多么可爱。和天空一起笑一笑，你会发现，再艰难的生活，我们也能活出诗意。

沙漠公园

路过甘肃武威,短暂停留,想找个景点游览一下,问了几个当地人,哪里值得一去,异口同声地推荐了一个地方:沙漠公园。

毫不犹豫驱车前往。

身为南方人,我对大西北充满了神往:一望无垠的荒野、戈壁、沙漠,多么壮观、苍凉。那正是我此行期待看到的风景。路上,我的脑海里不断浮现出在电视和电影里看到的画面,移动的沙丘,怪异的风声中若隐若现的驼铃,想象着自己在沙丘上……

沙漠,我们来了,终于可以亲睹你的风采了。

在导航的指引下,出城不到半个小时,沙漠公园的大门已近在眼前。

有点奇怪,沙漠公园怎么会离城这么近?而且,一路上,都是农田和树林,一点也不荒凉。难道,沙漠是被公园的大门和围墙圈起来了,阻隔在了我们的视线之外?

买了门票,不贵,只要20元。走进公园大门,是一条柏油路,路两旁，是一排排碗口粗的树木。这情景，与我们在南方见到的公园简直大同小异。同伴疑惑地问检票员，这就是沙漠公园吗？当然。检票员点点头。

很显然，沙丘、荒漠、驼队……这些我们想要看到的沙漠景色，一定就藏在这些树木的后面，在公园深处。检票员建议我们租一辆旅行自行车，这样可以较快地游览。

兴冲冲跨上车，向公园内骑去。

路两旁，都是大大小小的树，有的粗若碗口，有的细如茶杯，树下面，是低矮的灌木和杂草，看不到沙。

拐过一个弯，还是树木，草丛，还是没有见到一粒沙。

沙漠，你在哪儿？

无心看两旁的树木和杂草，这在南方，到处都是，我们早看腻了。我们是来看沙漠的。

又拐了一个弯，眼前竟然出现了一个很小的湖泊，湖心，漂浮着几条小划子，就是南方水乡常见的那种游览小船；湖面上，几只鸭子在悠闲地游来凫去；湖边，是一排小亭子，亭下坐着三三两两的游客，一对年轻的夫妻，在水边给孩子拍照……我揉揉眼，这情景，怎么就像来到了南方任何一个小公园？是不是我们走错路了？

犹疑地来到亭下，问一位慈善的老人，到沙漠公园怎么走？

老人看看我们，这儿就是啊。

不是沙漠公园吗，那、那么，沙在哪儿，沙漠在哪儿？

老人说，几十年前，你站的地方，就是一堆沙丘，不过，经过这些年的治理，沙漠已经逃走了。说完，老人哈哈大笑。

我们明白了，原来这是一座沙漠治理的典范，所以，才叫沙漠公园。

在沙漠公园，却没有见到期待中的沙和沙漠，这让我们多少有点失落。同伴安慰说，对我们来说，沙漠、戈壁、苍凉，是一道难得一见的风景，但对于生活在其间的人来说，那却是无法摆脱的艰辛和磨难。

是的，对世代生活在这里的人们来说，如今的沙漠公园，才是真正的公园，真正的风景吧。

手绘说明书

微信朋友圈里看到一份手绘的过海关攻略,瞬间被感动。

作者是一位身在国外的女儿。父母亲打算去国外看望女儿,可是,两位老人从没出过国,不会英语,担心老人不能顺利地过关,细心的女儿一笔一画地手绘了一份详细的过海关攻略,让老人按照攻略步骤办。

这是我见过的最烦琐、最细微,也是最简单易懂的攻略。

攻略由十幅画组成。第一幅,画的是出发前的准备。罗列了护照、机票、手机等必带的物品,其中的一个物品是老花镜。可见这个女儿,多么细心啊。

第二步是过中国海关,画了一个工作人员坐在柜台前,有意思的是边上的说明文字:"海关的工作人员坐在一个玻璃'盒子'里面,把护照和机票准备好,他要看的。"玻璃盒子,让人忍俊不禁的描述。

紧接着是过安检,画的是一个长长的队伍。边上的文字说明是："排队的人可能有点多，耐心等待哦。"女儿还特别提醒妈妈："虽然我特别爱吃您做的辣椒酱和酱猪蹄，别带哦，过不了安检的。"身在异国他乡，最念念不忘的，恐怕就是妈妈亲手做的饭菜了。我猜想这位女儿，知道妈妈一定又早早精心准备了自己从小就爱吃的辣椒酱和酱猪蹄，所以，才有了这个让人既温暖又有点鼻子发酸的提醒。

攻略还详细地绘制了候机、登机和出关的程序，让我特别感动的是第7幅，画的是在飞机上的作息，女儿特别叮嘱年迈的父母，因为要坐十几个小时的飞机，所以，在乘机时，一定要时不时站起来活动下，"尤其是爸爸的腰不好，坐久了会疼"，边上画了一个人做操的模样。

最温馨的是最后一幅画，画的是一个老人在打电话，边上画了一个三口之家的合影。"拿完行李给我打个电话，我和杰夫还有浩浩就在外面等你们呢！"至此，一家人很快就能见面了，这是多么温暖幸福的一刻。

看完这个手绘的攻略，我的脑海里，一次次浮现出这样的场景：在某个攘来熙往的国际机场，一对白发苍苍的老人，拖着沉重的行李箱，戴着老花镜，不时看一眼女儿手绘的攻略，按照上面的步骤，一步步行走。每一张纸片，都让他们离日思梦想的女儿更近一步。

我有一个朋友，他的老母亲独居老家的乡下，每天，他都会打个电话回家，问候一声。有一次，他打电话回家的时候，老太太正在门外喂猪，听到电话铃声，老太太赶紧一路小跑地去接电话。因为跑得急，被门槛绊倒了。虽然摔得不重，但这件事让朋友揪心了很长时间，他决定给老母亲买一部手机，这样，老人家就可以随时接听他的电话了。

手机买了，可问题也来了，老母亲不会用手机。

看说明书？和大多数乡下老太太一样，朋友的老母亲不识字，连自己的名字都不会写，更别说看懂复杂的说明书了。

怎么办？朋友最后想了一个办法，给老母亲手绘一份简单明了的说明书。

朋友把手机的使用步骤进行分解，比如怎么开机，怎么关机，怎么拨电话，怎么接电话，怎么打开通讯录，怎么找到电话号码，怎么调音量等，然后，按照这些步骤，用图画的形式一张张画出来。朋友没学过绘画，画得一点也不好看，但是，他画得很认真，很细致。回家送手机的时候，又对照着手机，按照顺序，一张一张地画，耐心地解释给老母亲听。没想到，儿子的画，老母亲一看就懂了，很快就学会了使用手机。

又一次看到朋友，他说，准备再画一份更详细的说明书，教会老母亲上网，这样，他们一家就能和老母亲视频对话了。老母亲就能经常通过手机看到她的小孙子了。

朋友这份手绘的手机说明书，与那本海外游子画的过海关攻略，是多么的相似啊，其中的每一笔，每一画，都浸透着浓浓的爱。

它很臭，但它是花

老宋又疯了。这次，他花了4000多元，连夜买了一张全价机票，飞往澳大利亚，去看一朵花。

他在网上看到一则新闻，澳洲植物园一朵种植了10年的巨花魔芋，终于开花了。这种花，难得开花，而且花期极短，一般只有两天左右的时间。老宋获悉这个消息的时候，那朵巨花魔芋已经盛开，明天，最迟后天，它就要枯萎了，凋谢了。老宋赶紧上网订票，最近的一个航班还有座位，但是不打折，老宋毫不犹豫订了一张全价票，直奔机场。

老宋赶上了飞往澳洲的航班，也在那朵花凋谢之前，赶到了澳洲植物园，他如愿以偿地看到了那朵花，那朵名字听起来怪怪的巨花魔芋。

那是一朵什么花，值得老宋花这么大代价去看它？

老宋的微信朋友圈，我看到了对这朵花的介绍，其中一段文字，让我半天没缓过神来。老宋说，这种花又叫尸花，是世界上最臭的花。

尸花？好恶心的名字。就为了这么一朵最臭的花，你不远万里去看它，闻它？有人留言问老宋。

老宋说："没错，我就是冲着它的臭去的。我就想亲自闻闻，最臭的花，到底有多臭。"

"有多臭？"立即又有人好奇地问他。

你闻过腐烂的鱼的味道吗？

闻过。

比烂鱼更臭。

你们闻过的最臭的味道是什么？

有人说无人打扫的厕所的味道，有人说动物尸体腐烂的味道，还有人说是沤了很久的垃圾的味道……

老宋说："尸花比你们闻过的这些最臭的味道，还要臭。"从老宋现场发的几张照片看，观看那朵花的人，或捂着鼻子，或皱着眉毛，或屏住呼吸，或戴着口罩，显然都是被什么气味给熏住了。老宋兴奋地解说，短短两天，这朵尸花吸引了一万多人来观看，他们都是和我一样，冲着它的"臭"而来的。

画面中间，是一朵高高盛开的花，非常艳丽。很难想象，这样一朵艳丽的花，散发出的，竟然是腐尸一般的恶臭。更难以想象的是，竟然还有这么多人，摩肩接踵专程去看它，嗅它。

这是老宋的又一"壮举"。

老宋是个植物学家？不是。他是一个生意人，他的生意也与植物、花朵没有任何关系。但他确实很喜爱植物。他家住在六楼,跃层,有一个很大的露台。与其说那是他的家,不如说,那是一个植物的王国。他从不买现成的植物,或盆景什么的,所有的植物,都是他自己亲自用种子培植的,或是嫁接而成的。在他家楼顶上,你看到的植物,几乎都是你平时难得一见的。他就是这么痴爱植物。

为了一朵花或一株草,老宋干过很多让人惊讶的事。

有一年,他去东南亚谈一桩生意。那座城市地处热带,听说当地有一种森林仙人掌,为了躲避白天烈日的灼烤,所以只在凌晨时分,短暂地开花,连当地人都很少见过。老宋便每天半夜爬起来,独自一人跑到郊外的荒漠中,守候在森林仙人掌前,静待它们开花。

他还真等到了。一天,晨曦初露时,一株森林仙人掌的刺丛中,倏然冒出一星星嫩嫩的碎花,像露珠一样。回忆起那一幕,老宋总是激动不已,他说:"你能想象在干旱酷热的荒漠之中,在仙人掌的刺丛之中,开出的一朵朵细碎的白花,多么神奇,多么让人惊喜,又多么让人心疼吗?"

太阳一出,那些碎花就枯萎了,仿佛它根本就没有开过花一样。老宋说,那是他见过的最短暂、最惊艳、最不可思议的花。

曾经有人好奇地问过老宋,为什么对花花草草的世界,这么感兴趣。老宋总是憨憨一笑,喜欢呗。

老宋算是一个成功的商人。他并不聪颖,甚或可以说有点迂,有点笨,还有点倔。但从最初开小店开始,他就以诚信待人,赢得了客户，所以，生意才越做越大。他的成功，不是得益于他的经商能力，更多的是得力于他的诚恳、努力和本分。

中学没毕业，老宋就辍学了。辍学原因，是一次全校摸底考试，那次考试，老宋垫了底，可能因为班级排名不佳，老师很生气，在班里讲了一些气话。老宋满不在乎的样子，手里还在绕着下课时在校园里揪的一根野草。老师一把拽掉了他手上的草，生气地骂他，就你这个智商，将来能有什么出息，恐怕你也就是一根杂草的命。老宋一气之下，辍学了。

老宋后来爱上植物，与那根杂草有没有关系？很难说。但老宋的命运，并没有像老师说的那样如杂草，倒是不争的事实。

耗费万元，去澳洲看一朵世界上最臭的花，老宋的这个举动，再次震惊了我们同学圈。

"它很臭，但它是花。"这是老宋最新的微信签名。这句话是模仿了里约奥运会开幕式上朗读的那首诗："它很丑。但它是花。"

我觉得老宋说的是一朵花，也是一个人。

土地和植物也要喘口气

去云南西双版纳旅游,顺道拜访一位老朋友。

朋友是个小有名气的画家,可谓事业有成,生活安康。十多年前,忽然辞了职,只身一人来到了边陲西双版纳,一年中,一半多的时间,他都一个人在这里度过。大家都以为他是躲到这儿潜心作画。而从业内传来的消息却是,他的画作不但没有多起来,单从数量上来讲,反而减了不少,让人觉得惋惜,又不可思议。

辗转了半天,我们终于找到了朋友位于勐腊县一个小村镇的家。当地的一个农民,举家迁走了,将房子低价租给了他,还免费送了他几亩山地耕种。

见到我们,朋友很开心,领我们参观了他居住的傣族竹楼,其中一个面山的房间,是他的卧室兼画室,画案上的笔墨,已经干涩了,看样子,有段时间没有使用过了。倒是床头、地板上,以及楼下的茶榻上,随意散放着各种各样的书刊。

坐在竹楼下休憩了一会,喝了朋友亲自采摘制作的土茶,朋友又兴冲冲地领着我们去参观他的几亩地。走不多远，在山半腰，见到几垄石头砌出来的山地。朋友告诉我们，这就是他的土地了。以为朋友一定种植了什么热带地区特有的庄稼，让我们见识见识，没想到，几垄地上，除了栽种了几小块普通的蔬菜外，大多的土地竟然都是荒芜的，光秃秃的，在周边葱茏的绿色映衬下，显得特别荒凉。我们笑着对朋友说，你也太懒惰了，这么好的土地，你竟然让他就这么荒芜着，太浪费了。

朋友笑笑，指着四周郁郁葱葱的群山说，这里年平均气温都在20℃以上，一年四季，都适合植物生长，而且这里雨水充沛，土壤肥沃，可以说，甚至都不需要翻耕，你随时随地任意撒一把种子，它都会发芽、生长、开花、结果。

我们更迷糊了，既然这样，你怎么舍得将这么好的土地、这么好的气候白白浪费掉？

朋友抚摩着身边一棵高耸的大树对我们说，这棵树叫望天树，是西双版纳最有特色的热带雨林树种，和其他树木、花草一样，它一年365天，天天都在生长。从它的芽孢钻出地面那天开始，它就一直不停地往上生长，直到高耸入云。它的叶子永远是葱绿的，它的枝干天天往上攀升，一刻也不停息。

我们都景仰地抬头仰望着面前这棵巨人，它实在太高大了，太粗壮了。朋友接着说，听寨里的老人讲，这棵望天树的树龄有600多年了，你们一定觉得它很伟大，很了不起。没错，它确实很高大，令人尊崇。但是，你能够想象吗？一棵树，20多万个日子，一刻不停地生长，没有睡眠、没有星期天，甚至连打个盹、偷个懒的时间和机会都没有，它这一生，是不是活得太累了？

朋友指着群山说，这里到处都是这样的植物，它们一样葱郁，一样充满生机。我也非常喜爱绿色，但是，假如我是一棵树的话，我则宁愿生活在北方，在春天发芽，显出勃勃生机，而一旦到了秋天，也能像别的树一样，卸下慢慢变黄枯萎了的树叶，让树干晒晒太阳，自己则在飞雪中美美地睡上一个慵懒的长觉。朋友长吁一口气说，一生都在生长，固然壮观，却也很无奈，很悲壮啊。

朋友的话，让我们惊讶，在西双版纳这些天，我们沉醉、惊叹于热带雨林郁郁的生机，完全想不到还可以从另一个角度来诠释这些生命的意义。朋友又用手指指面前的山地说，这里的土地也一样，任何时候只要有一粒种子落地，它就能立即让种子发芽、生长。我不是因为懒惰而将这几块土地暂时撂荒的，我只是希望这块地能间歇式地休息一下，养精蓄锐，等到春天来临的时候再迎接种子。事实上，入秋以来，我一直没闲着，每隔一段时间我就来锄锄荒，将地上冒出来的杂草铲除掉，为的就是让土地安心地休眠。

和朋友告别。车子慢慢驶出山寨，站在竹楼前的朋友和他身后的竹楼，渐渐淹没在高大的热带树丛中。我们似乎骤然明白了朋友的用心，他远离尘嚣，来到这块边远的村寨，既不是逃避，更不是为了全身心地投入，他只是找到了一块恬静之地，让自己人生的脚步放慢，让自己疲惫的心灵，有个休憩之地啊。

西湖的荷花

连日的高温,将西湖的荷花,都点亮了。赏荷的最佳季节,到了。

130多亩荷花,分布在西湖的每个角落。西湖是开放的,你可以从任何一个方向走近西湖,自然也可以从任何一个角度,来欣赏西湖的荷花。老杭州人赏荷,总是从曲院风荷开始。这里集中了西湖最美的荷花,想看"接天莲叶无穷碧"的荷花盛景,无疑是最好的去处。环湖有江南名石苑、闻莺阁、茗馨阁、湖畔居等极富情调的酒楼茶阁,沏一壶西湖龙井,剥几盘西湖莲子佐味,花香入眼,茶香入肺,莲香入心,那就更是别有风味了。不过,在我看来,点缀在西湖边的星星点点的荷花,也是值得一看的。北山街边的荷花没有曲院风荷那么云集,却有处子的曼妙,娇而不娆,鲜而不艳,翠而不俗,与不远处的断桥遥相呼应,传说中善良美丽的白娘子,不就是这花中的仙子吗?而从一公园不多的几朵荷花看过去,十里西湖全景跃入眼帘,碧水、蓝天、苍山、映荷,则构成了西湖水墨般的写意图。

一天之中，不同的时间，看到的西湖荷花，韵味也不同。西湖就像杭州人的大花园，他们骑着自行车，或者步行几步，就来到了西湖边。早晨和黄昏，漫步在西湖边的，就多是杭州本地人，他们一边散步，一边就把这争奇斗艳的荷花，给欣赏了，他们每天呼吸的，可都是带着晨露或晚霞的荷花香气呢，这是杭州人的福气。外地人也不必气馁，正午的烈日下，荷花反而开得更旺盛，红的更红，白的更白，粉的更粉，是荷花的本色。没有一丝风，每一朵荷花都亭亭玉立，羞涩，含蓄，怒放，专为了等待爱美的你来欣赏似的。如果游玩了一天的你，尚不觉累，那么，乘着夜色，看一看夜西湖以及夜幕下的荷花，将是别一番享受。环湖的七彩灯光，将西湖打扮得异常俏丽，而荷花们似乎也刚刚沐浴过，靓丽的底色在灯光的映射下，村姑一样，打着朵儿，闪着亮儿，捎着私话儿，尽显稚趣。微风过处，一朵朵荷花俯首低眉，颤颤巍巍，摇摇曳曳，是怎样迷人的姿色？

蒙蒙细雨之中，撑一柄天堂牌的丝绸伞，漫步在西湖边，赏荷看景，那是最惬意的事了。不过，七月的杭州，多的是雷霆万钧，狂风骤雨，这似乎不够情调，但有人就喜欢在风雨交加时，守候在荷花边。当其时也，风啸啸，雨洌洌，偌大的西湖，惊涛骇浪，荷花挤着荷叶，荷叶呵护着荷花，相拥相怜，相偎相守，感煞人也。错过了这个独特的赏荷时刻，那么，暴雨之后，请你一定来到西湖边，洗礼过的荷花，愈加娇媚可人，荷叶上滚动的水珠，和零星地打在你脸上的雨珠，那是天堂里的泉水，是清洗我们浮躁的心灵的甘露。

酷暑造就了西湖最美的风景，再热的天气，也阻止不了相爱的人们。即使最热的七月，也总有一对对新人，在西湖边取景拍照，他们以西湖的荷花作为背景，留下他们一生中最温馨的时刻。而西湖的荷花，也总是乐意为一对对新人搭建一个浪漫的平台，见证他们的爱情之旅。他们是盛开在西湖边的另一种荷花。

西湖的荷花，是天堂散发给每个人的请柬。西湖的荷花，会向每一位来到她身边的人，送上她最灿烂的笑容。

一朵花的美丽

枝上，一朵花盛开，美丽，娇娆。

蜜蜂闻香飞过来了，对花朵赞叹说："你真美丽。"

花朵轻轻摇曳，对蜜蜂说："谢谢你的夸奖，这确实是我一生中最美的时刻。"说着说着，花朵忽然低下了头，有点伤感地说："可是，很快我就会像所有的花朵一样，衰败，凋落，我的美丽将不复存在。"

"我该怎样保持我的美丽呢？"花朵喃喃自语。

风听到了，对花朵说："我把你的香味传播开来，你的美丽就扩散了。"

花朵莞尔一笑，这是个不错的主意。不过，这仍然不能阻止我凋零啊，我的香味和美丽，还是会很快随风消失的。

绿叶说："不如我们让爱花的人采回家，插在花瓶里，成为家中一景。"

花朵摇摇头，说："我最不愿成为花瓶里的摆设了，那是一朵花最悲哀的一件事情。再说了，那只会让我们更快地凋谢。"

蝴蝶安慰花朵说："我知道一个办法，可以保持你的美丽。"

"快告诉我。"花朵急切地对蝴蝶说。

蝴蝶扇动着妖艳的翅膀，对花朵说："我的同伴被人制成了标本，从此它们不生不死，永远保持着美丽的体形和色泽。如果你愿意，你也可以让人将你制成干花，那样，你就再也不怕凋落了，也会永远保持现状的妖艳和美丽。"

花朵想了想，说："不！那样的美丽是没有生命的，我宁愿死，也不要僵尸一样干巴巴的美丽。"

大家七嘴八舌，替美丽的花朵想办法，出主意。

蜜蜂笑着说："你真想永远保持你的美丽吗？"

花朵虔诚地点点头。众花都跟着点头。

蜜蜂说："瞧，我正在帮助你们啊。"蜜蜂从一朵花飞到另一朵花，细细的蜂针上，沾着晶莹的蜜露。蜜蜂嗡嗡地说："我在帮你们传授花粉，很快，你们就会凋谢，但那不是你们的生命结束了，更不是你们的美丽消失了，而是你们要结果了。果实，那是你们生命的延续，也才是一朵花最美丽的结局。"

风拂过花枝，传递着春天的一个秘密：结果，那是一朵花留住美丽的最好办法。

与你在一起的日子

两对夫妻,一起去自驾游。

路上,车出了故障,两个男人捣鼓了半天,满头大汗,也没弄好。其中的一个妻子见状,开始埋怨丈夫,你看看你,连车都不会修,这么多年你都是怎么开车的啊?又进而联系到平时在家里,也是这也不会修,那也弄不来,简直不像个男人。妻子越埋怨,心情越糟糕。丈夫更是被指责得尴尬、恼怒不已。

另一个男人也不会修车,也是干着急。但他的妻子没有埋怨,而是给他出主意,还是打电话请道路救援吧。又指着附近说,你们看看,这个地方也是蛮美的嘛。那边有个湖泊,救援人员赶过来还有段时间,不如我们过去看看吧。本来就是出来旅游的,正因为车子出了故障,我们才有机会看看它,多意外,多有缘啊。

游玩途中,忽然遇雨。两对夫妻,都没有带伞,附近又没有避雨的地方,雨虽不大,但还是将他们都淋湿了。其中的一个妻子一边抹着脸上的雨水,一边又开始抱怨,刚刚还是晴空万里,怎么突然就下起雨了？扭头瞄一眼丈夫，似乎找到了根源，继续抱怨，都怪你这个霉鬼，做什么都背运，这么多年了，跟你在一起什么事情都不顺。丈夫一脸无辜地说，天要下雨，怎么能怨我？妻子不满地说，那你不知道带把伞啊？丈夫回，你不也不晓得带伞吗？就这样，两个人你一言我一语，吵开了，两个人的心情啊，比雨还湿。

另一对夫妻也是淋成了落汤鸡。妻子打趣说，你看你头上那几根头发，全都贴脑门上了，真成了落汤鸡了。丈夫也打趣说，还笑话我，你也好不到哪去呢，跟落汤凤凰一个样。丈夫接着说，都怪我不好，没想到天会下雨，要是带把伞，你就不用淋雨了。妻子说，天又不冷，淋点雨没事，再说，雨中漫步多有情调，多浪漫啊。说着，挽起丈夫的胳膊，走在雨地中。两个人的心情啊，比阳光还晴朗。

同样去旅游，同样在一起，两对夫妻的感受，就是这么不同。

忽然想起一段朋友圈很流行的一段话：跟你在一起的时光都很耀眼，因为天气好，因为天气不好，因为天气刚刚好，每一天，都很美好。

之所以每一天都很耀眼，是因为跟你在一起。天气好的日子，心情自然晴朗；天气不好了，因为有你在身边，内心也依然是晴空万里。天气不能左右我们的心情和情感，相依相守，才使生命中的每一天，都明丽耀眼。反之，如果心中没有牵挂，没有爱恋，纵使朗朗晴空，纵使两个人捆绑在一起，心情也必黯淡无光。

曾经被两个场景，深深打动。

一对夫妻，驾车途中，遭遇车祸，车翻了，两个人从车里爬出来，你看看我，我看看你，虽然鼻青脸肿，所幸都无大碍。一般人遇到这样的事，不是愁容满面，就是互相埋怨指责，但这对夫妻不是，他们觉得，这也是人生难得的经历，夫妻俩竟然在倾翻的车子面前自拍留念，还发到了朋友圈。瞧瞧，他们的心，该有多大，多宽敞啊！

还有一个外国家庭，半夜家里突然失火，抢救不及，一家人只好仓皇逃出房外，眼睁睁地看着自己的家毁于大火。让我惊讶与感动的是，他们没有在大火面前捶胸顿足，痛哭哀号，而是选择一大家子人站在房子前，以大火过后的残垣断壁为背景，面带笑容，与这个居住了一辈子甚至几代人的家，最后一次合影留念。房子没了，亲人还在，家就在。这就是对亲情、对厮守、对家庭，最好的诠释。

与你在一起，能同甘共苦，则甘是甜的，苦也能作乐，每一天，都很美好。

在城里遇见牛

出差去一个小县城。天太热，住下后，我决定去街上买个西瓜回来。

走出宾馆，拐个弯，是一条小弄堂，迎面碰见一个人，怀里抱着一只大西瓜，瓜蒂上还挂着一小串瓜藤，绿绿的，一看就是刚从瓜地摘下的。忙问他从哪买的，他往后努努嘴。不远处，停着一辆平板车，还围着几个人。

走到近前，果然是卖西瓜的。平板车里的瓜都挂着瓜藤，新鲜的样子。卖瓜的是一个五六十岁的老汉，草帽下，黑黝黝的脸膛上，汗水像蚯蚓一样，四处爬着。老汉忙着帮人挑瓜、过秤，连擦汗的时间都没有。反正也没事，我耐心地等旁人买好瓜，再请老汉帮我挑一只。

一边等，一边四处看看，惊讶地发现，老汉平板车后面的水泥墩上竟然拴着一头黄牛，牛颈上的辕还没有卸下来，猜想一定是老汉用来拉车的。小时候生活在农村，经常帮家人放牛，对牛有很深的感情,已经很久没有见到过牛了,没想到出差路途上,意外地遇到了一头牛。这头闯进城里来的老黄牛,似乎对城里的道路和楼房,也一点不感兴趣,百无聊赖地瞪着大眼睛,看着老汉,一边不停地甩着尾巴,城里的苍蝇一点不比乡下少。

"买瓜?"老汉问我。我回过神来,点点头,说:"帮我挑个小一点的。"

老汉挪移着瓜,从瓜堆里翻找小号的西瓜。我指指黄牛,问老汉,那牛是你的?老汉点点头。我好奇地问他,牛也可以拉车吗?老汉抬头看看黄牛,说,这头牛,平常帮我犁犁田,这几天,我每天都拉一车瓜进城来卖,一个人拉不动,只好让它帮帮我了。

老汉帮我挑好了一只瓜。也没啥事,我借了老汉的西瓜刀,将瓜剖开,蹲在老汉的瓜摊边,边吃,边和老汉闲聊。瓜又脆又甜,难得吃到这么好吃的西瓜。

老汉告诉我,他的家就在城外几里地的乡下,两个儿子成家后,都带着媳妇到城里打工去了,留下两个孙子和十几亩庄稼地,都交给了他和老伴。暑假,孩子们放假了,老太婆又要照顾孩子,又要照顾田里的庄稼,忙得跟个陀螺似的。他呢,一大早下地摘了西瓜,拉进城里卖。以前都是他和老太婆一起进城卖瓜的,他在前面拉,她在后面推,现在,老太婆帮不上他了。幸亏老牛还有一把劲,犁田打耙,都是一把好手,帮他拉车,也跟头驴似的。老汉用卷着的草帽呼呼地扇着风,自豪地说着。

突然,老汉扔下草帽,弯腰从平板车下面掏出一个粪簸,向老牛跑去。我诧异地看着他,不知道他要干什么。老汉端着粪簸,跑到牛的身后,将粪簸托在牛屁股后面。只见老牛撅着屁股,"啪啪"地拉出几大坨热乎乎的牛粪来。

我的手拿着一瓣啃了一半的西瓜,有点僵硬地停在半空。

老汉端着粪簸,回来,塞进车肚下面,一脸歉意地看着我。我笑笑,其实,小时候,我们常常端着饭碗,在牛身边吃饭的,并不忌讳牛粪。再说,那个西瓜,我也已经消灭得差不多了。只是有点好奇,他怎么连点牛粪都舍不得落下,要特地接回去。老汉看出我的困惑,不好意思地笑了:我是怕它弄脏城里的路呢,所以,总是准备个粪簸。而且,我带回去,好歹也是个粪呢。

这时候,又走过来几个人,买瓜。我告别老汉,起身将吃过的瓜皮,送到牛鼻子底下。老牛嗅嗅,伸出舌头,啃了起来。它的身上,散发着浓浓的青草、泥巴和牛粪的味道。

一粒稻谷一朵花

东南西北来的风,吹黄了田野,稻谷仿佛临产的孕妇,羞涩地低下了她们的头。一年中最忙碌,也是最幸福的时刻,来了。镰刀一把一把地收获丰收的喜悦,父母亲的汗水像种子一样落进香喷喷的泥土里。我们这些孩子,也没有闲着,放了学,我们弯腰紧跟在大人的后面,捡稻穗。

有比稻穗更沉甸甸的吗?没有。有比稻穗笑得更灿烂迷人的吗?没有。散落在收割过的庄稼地里的稻穗,是秋天送给我们这些孩子最好的礼物。收获的季节,快乐来得就这么容易,一个黄昏,我们能捡到整整十束稻穗。我们将其中的九束交给爸爸妈妈,为自己留下一束,然后,我们就找个地方,让稻穗上的稻谷开花。

随便在稻田的某个角落挖个小坑,用耙子耙一些稻草,点燃。这就是稻谷开花的地方啦。我们小心翼翼地将稻穗一根根扔进火塘里,不一会儿,稻谷就在火塘里炸开花啦。

先是一朵爆米花,"砰——"蹦了出来,白白的,胖胖的,像个冒失的信使一样,信使总是能够带来让人吃惊的消息,吓我们一跳。一定会是二狗子第一个发现这朵爆米花,二狗子家住在村头,每次信使来送信,也是他第一个跑向信使。我们眼睁睁看着他一把将那朵爆米花捡起,放在手心,哈一口气,然后看看我们,踌躇满志地扔进口中。一朵爆米花就将他的口水喇子都堵住了。我们咽了一口涎水,但我们并不急,地球人都知道,火塘里很快就会炸开锅啦。

可不是嘛,还没等我们反应过来,火塘里就噼里啪啦炸开了,五朵,十朵,二十朵……顷刻之间,胖嘟嘟的爆米花,一朵接一朵,一窝接一窝,争先恐后从火塘里蹦了出来。我们围在火塘边,一边捡,一边往嘴里塞,爆米花的香味,很快从田头弥漫开来,向村庄的方向飘去。有人找来一根树枝,在火塘里扒拉扒拉,爆米花就蹦得更欢了,就像春天的时候,我们只要将老槐树摇一摇,一树的槐花就疯子一样绽开了。

火塘里最后一粒火星熄灭的时候,我们的奶奶也已经闻到爆米花的香味,呼唤我们回家了。大黑子的脸更黑了,二狗子的脸已经跟花狗一样啦,再互相瞅瞅,哪个不是一鼻子的稻草灰啊?大花脸们你看看我,我瞅瞅你,蹦蹦跳跳回家啦。30年前某个黄昏的田野上,响起一群儿童嘹亮的歌声——

一粒稻谷

炸开了一朵花

一朵什么花啊

一朵香喷喷的爆米花

第三辑

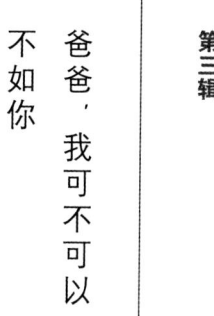

爸爸，我可不可以
不如你

小时候与长大后

偶尔在朋友圈看到一段话,怦然心动:小时候,跌倒了,会看看周围有没有人,有就哭,没有就默默爬起来;长大后,跌倒了,也会看看周围有没有人,有就默默爬起来,没有才会哭。

有人说,这就叫成长。

如果拿小时候与长大后(或老时候)做比较,我们会发现,确有很多类似的不同和反差呢。

小时候,掉了一颗牙,我们会很开心,因为很快它就会长出新的更坚利的牙齿来;长大后,掉了一颗牙,我们会黯然神伤,因为我们开始老掉牙啦。

小时候,觉永远睡不够,要上学,要做作业,还想和小朋友们尽情玩耍,哪里有时间困觉?长大后,空闲的时间一大把,却常常辗转反侧难以入眠,更不会赖床了。

小时候,对世界、对生活、对未来,都充满了幻想,常做白日梦;长大后,变得很现实,慢慢学会看淡了一切,甚至视人生如梦。

小时候，喜欢新东西，新事物，结交新朋友；长大后，越来越喜欢老物件，老朋友，迷恋旧时光。

小时候，帮奶奶穿针，再小的针眼，再暗的光线，都能"一剑封喉"，准确利索地将线穿过针眼；长大后，先是近视眼，远的东西看不清了，再是老花眼，眼前的东西也模糊了。

小时候，不喜欢苦，只喜欢甜，连药片也要裹着一层糖衣，才能吞咽得下；长大后，对甜的东西反而腻歪了，爱上了苦瓜，爱上了咖啡，因为，我们已经学会了从苦味里品咂出更醇的滋味。

小时候，以为会记住一辈子的人或事情，转身可能就忘了；长大后，以为能转身就忘的人或事情，偏偏记住了一辈子。多少人间事，无非是云烟。

小时候，哭着哭着就笑了；长大后，笑着笑着就哭了。一哭一笑，皆是人生的酸甜苦辣。

小时候，以为月亮总是跟着自己走；长大后，开始吟唱月亮走，我也走。因为，小时候我们总以为自己是中心，全世界都在围着自己转，长大后才明白，自己既不是单位的中心，也不是家庭的中心，更不是世界的中心，所以，在家围着锅台转，在单位围着工作转，白天围着钱转，晚上围着孩子转。

小时候，哪里热闹，就往哪里钻；长大后，哪儿清净，就在哪儿凉快。小时候，一个人的时候才觉得孤单；长大后，身处闹市，居人群之中，也常常会觉得孤独寂寞。小时候，喜欢登高望远；长大后，喜欢在低处看云起云落。小时候，兴趣很多，时间很少；长大后，时间很多，兴趣很少。

小时候，感觉幸福很简单。父母的一句夸赞，小伙伴的一声问候，得到了一个玩具，穿上了一件新衣，嘴巴里含着一颗糖，都会让我们觉得无比幸福，无比满足；长大后，感觉简单很幸福。为人情所累，为俗务所困，为生计所迫，越来越向往简简单单的人和事，简简单单的生活，简简单单的心境。

小时候，过节就是有好吃的；长大后，过节就是让家人吃好。小时候，一人吃饱了，以为全家不饿；长大后，自己不饿，也要张罗全家的饮食起居。小时候自己病了，全家人围着转；长大后，纵使身心俱疲，也要挣扎着为家人转。小时候，我们开心了，全家就开心；长大后，全家开心了，我们才开心。

并非小时候都是美好的，自然也绝非长大后都是昏暗的，希望永远在，关爱代代传。因为，我小时候，正是在他长大后；而我长大后，才有了你的小时候。我们都有小时候，也都有长大后，将来还都有老时候，这是一个人的成长，也是一个家庭的成长。你、我、他，小时候、长大后、老时候，就像一条河流的上游、中游、下游，滔滔不绝，奔竞不绝，绵延不绝。

心里住着一个孩子

早晨,他推开窗户,惊呆了:天啊,外面白茫茫一片。

下雪了!

对南方的人来说,这是冬天特别期盼,也特别令人兴奋的事情。却不是每一个冬天都会下雪,都能看到雪的。因而,每一场雪,每一片雪花,都能给南方带来惊喜。

他大声地把这个喜讯告诉妻子,兴奋地打开院门,冲进了雪地里。雪还在漫天飞舞,他伸出手掌,接住了几片雪花,圣洁的雪花,在他的掌心慢慢地融化,成为一滴晶莹的水珠。他感觉自己的心,也跟着融化了。他又弯腰从地上掬起一捧雪,搓成一个小团,握在掌中,凉凉的滋味,直抵心窝。

这种感觉实在是太美妙了,他一时有点恍惚,不知道怎样来表达他的激动之情,也不知道怎样去与这场意外之雪,来一场亲密接触。

他走到院子中央,脚下厚实的积雪,沙沙作响,像一个人的呢喃。

他张开双臂,昂首向天,让飞舞的雪花落在脸上、头发上、身上和脖子里。

他蹲下来，捧起雪，往脸上搓，他要用雪，洗一把脸呢。雪花带着这个冬天最寒冷的气息，从他脸上的每一个毛孔里钻进去，在他的体内游走。在片刻的冷之后，他感到脸上开始火辣辣的。这让他感觉自己就要燃烧起来了。

他索性往后一倒，仰面八叉地倒卧在雪地上。

他对着雪花漫舞的天空，发出了一声啸叫。

他打了一个滚。

他又打了一个滚。

他从雪花的缝隙，看到了一团红色的身影，他知道那是妻子。他随手抓起一把雪，砸了过去。他听到了一声嗔怪：你都五十的人了，咋还像个孩子？

像个孩子？不，不，我不像个孩子，我是个成熟的大叔，我是沉稳的老大哥，我是这个家任劳任怨的顶梁柱，我也是单位里经验丰富的老职工。但是，此刻，我就是个孩子！我就愿意做个懵懂的任性的快乐的孩子！

那天，他和她两个人打了一场雪仗。

那天，他和她一起堆了三个雪人，一个是他，一个是她，一个是他们在外地上大学的儿子。

那天，他的脸红扑扑的，一扫往日的菜色。

那天，他第一次上班迟到了。

那天，他是个孩子。这是辛辛苦苦活了大半辈子之后，他再一次成为孩子。

其实，那个"孩子"一直住在他的心底，从未离去，只是在那一天，他将那个"孩子"释放了出来。

我们每个人的心里，都住着这样一个"孩子"。

在我们长大之后，我们就将那个孩子雪藏了起来，从此背负着人生的艰辛，为了生活，我们不得不变得强大而坚硬，沉稳而内敛，悲喜不行于色，眼泪只往肚子里咽。一个大人，还孩子气，是让人不放心的，甚而是瞧不起的。

但是，孩子的本性仍然在，它只是被我们深深地雪藏了，掩埋了，扼杀了。直到有一天，它突然就苏醒了，复活了，就像这场意外的大雪，唤醒了一个中年男人内心深处的那个孩子。

总有这样的一刻，我们愿意再成为一个孩子。

一个久居内陆的人，当他第一次看到大海，那浩渺的海平线，那澎湃的海涛，就很容易激醒他心中的那个孩子，使他开怀，令其忘形。

与孩子在一起，一个人也很容易回到孩童时的状态，孩子的天真，孩子的童趣，孩子的纯粹，很容易就打动了你，感染了你，让你忘记自己的身份和年龄，也暂时放下人生的烦恼，与眼前的孩子一起享受这片刻的淳朴时光。

我们不可能一辈子都只做一个长不大的孩子，但是，在你的心底，给那个"孩子"留一个位置吧，让他安静地常住，偶尔让他复活，伴你片刻，又有何不可呢？

我在心里说过了

3岁。我拿了邻居小孩的一颗糖。我太想吃一颗糖了,而他有好多颗,我就拿了一颗,我只拿了一颗。邻居妈妈带着她的小孩上门告状,妈妈当面打了我一巴掌。我委屈得哭了。妈妈让我承认错误,说声对不起。我在心里说过了,但妈妈没听到。于是,妈妈打得更凶了,一边打,一边骂我是个犟种。

第二天,妈妈不知道从哪儿弄来了一把糖,还当场剥了一颗塞进我嘴里。那颗糖跟我昨天拿的邻居小孩的糖一样甜。我在心里说,谢谢妈妈。妈妈没听到,但她看着我吮吸糖果的甜蜜样子,很开心。

8岁。我在学校和一个胖男孩打架了。他比我高大,也比我壮实,他说我爸爸坏话,我便和他打起来了。我的头上撞了一个大包,我没哭,但他哭了。老师把我妈妈喊到了学校。妈妈问清了缘由,让我向胖男孩道歉,我什么也没说。妈妈只好自己一个劲地向胖男孩和他爸爸赔礼道歉。

回家的路上,妈妈发现了我头上鼓起的大包,心疼地问我痛不痛。我摇摇头。我忽然看见妈妈扑簌簌直掉眼泪。我在心里跟妈妈说,包很疼,但我不怕疼。妈妈没有听见,只是眼泪不停地砸在我的额头上。那一年,我的爸爸在"五七干校",接受劳动改造。

14岁。学校有活动,让我们提前放学回家。我打开门,看见妈妈正好从我的房间里走出来。她的手里拿着一块抹布,很显然,她刚刚将我的房间打扫过了。我的房间总是干干净净的。我放下书包做作业,却意外地发现我的日记本封面有点湿湿的,一定是她刚刚翻看了我的日记。我生气地拿着日记本走出去,叱问她,是不是动了我的日记本?她嗫嚅地解释着什么。我不想听。

那一年,我的同桌是个女生,我承认,我有点喜欢她。但我没跟她说过,我也不会在日记里记下什么。那时候,我的日记大多只是流水账。但我不喜欢妈妈偷翻我的日记,她总是像贼一样偷翻我的东西,我已经忍无可忍了。我借机爆发。

我再次从房间走出来的时候,看见妈妈在厨房里,一边做着饭,一边抹着眼睛。她看见了我,说辣椒太辣了。我知道她为什么抹眼泪。我的心情已经平复了,所以,我在心里对她说,对不起,妈妈。她没有听见,连声说,饿了吧,饭马上就好。

18岁。我考上了外地的一所大学。爸爸和妈妈送我到车站。我从爸爸手里接过行李箱,从妈妈手里接过背包,走进了检票口。回头看见爸妈眼泪汪汪地站在人群的后面向我挥着手。我的鼻子一酸,张了张嘴,在心里说了一声,爸妈,保重,我会想你们的。

30岁。今天,妻子和妈妈拌嘴了。妈妈是来帮我们照看小孩的。喂孩子喝米汤时，妈妈先用嘴唇碰了碰，感受一下米汤的温度，这一幕恰好被妻子看见了，妻子觉得这不卫生。妈妈认为，我们兄妹几个她都是这么喂大的。两个人就不愉快了。

我把妈妈拉到一边，准备劝慰一下她。妈妈却冲卧室努努嘴，轻声说，妈没事，你赶紧去安抚安抚她。我去卧室劝慰妻子，讲了好半天，总算把妻子安顿好了。我和妻子从卧室走出来的时候，妈妈已经做好了饭菜，让我们赶紧吃饭，她自己抱起小孩，到阳台上哄去了。看着妈妈的背影，我在心里说，妈，您受委屈了。

50岁。忽然特别思念老家的老母亲，我已经大半年没有回家探望他们了。于是，立即请了假，买上车票，直奔老家。妈妈正在院子里，和老父亲一起晒太阳。确认是我回来了，老两口高兴坏了。妈妈忽然想起了什么，问，又没放假，又不是星期天，你咋回来了呢？我在心里说，我想你们了，就回来看望你们呗。话到嘴边，变成了："我出差，正好路过，就顺道回来看看。"

62岁。老母亲没了。办完了丧事，亲朋好友都散了。我一个人坐在老宅的院子里，看着满院的桃花，灿烂盛开，那都是老母亲一棵棵栽下的。花开了，老母亲走了，忽然悲从心来，不禁老泪纵横：妈，儿子想你了哇。

这辈子，我在心里说过无数遍这句话，也在心里无数次说过对不起，说过我爱你，说过我想你。这是唯一说出口的，而早年就去世的父亲没机会听见，现在，母亲也听不见了。

我早该说出口的啊。

好自己

岁末年初，一位很要好的朋友，在朋友圈发文说，这么多年来，自己总是力图做个好女儿，好妻子，好妈妈，又是一年了，希望自己也是个好自己。

好自己？

交往多年，以我对她的了解，她绝对是一个好朋友，这也是朋友圈里大家的共识。她为人热情、乐观、大方，只要朋友们需要，她总是会第一时间出现在大家的面前，陪伴你，安慰你，鼓励你，帮助你。

我们还是同事，这让我可以从另一个角度加深对她的了解。作为同事，她能力强，肯干事，能干事，更难得的是，她不埋怨，不拖拉，不计较，不使坏。在领导眼里，她是好下属；在下属面前，她是好领头羊；在小字辈面前，她是好师傅；在"老革命"面前，她是好学生。

以我所亲眼看到的，亲耳听到的，亲身感受到的，她是这样一个人——

在家里,她是贤惠的好主妇,一家人的吃喝拉撒都是她在忙碌。她是丈夫的好妻子,好贤内助,从不拖丈夫事业的后腿;她是儿子的好妈妈,是儿子的港湾,也是儿子最坚强的后盾;她是好女儿,也是好媳妇;她是好嫂子,也是好阿姨。

在外面,她是温柔善良的好女人,对人温暖、开朗、规矩、友善。她是好同学,也是好同事;她是好邻居,也是好顾客;她是好伙伴,也是好路人。

她是个完人吗?当然不是。与我们一样,她一定也有很多不足和缺憾,但是,瑕不掩瑜,或者是因为,她总是将最好的一面展示给别人。她努力做好自己的每一个家庭或社会角色,克尽自己的职责,克服自己的缺点,克制自己的情绪。我们看到的,其实,只是她呈现给我们的一部分,不是全部。

希望自己是个好自己,对,这才是她的另一部分,不为外人所见的那部分,一个人最重要的那部分。一个在别人眼里完美、幸福、圆满的人,他自己内心的感受,往往被掩盖,别人看不到,很多时候,甚至连自己也看不到。

什么是好自己?

我想,好自己大约有这样两层意思。首先,它是指好的自己。好的自己,要有好的身体、好的胃口、好的体能、好的状态,亦要有好的心理、好的心态、好的素养、好的预期和未来。好的自己,是别人眼中的好,这是自己的社会价值,但更要自己觉得自己好,这是一个人内在的追求和满足感。好的自己，说到底，就是做好自己，做好自己的每一个角色，使自己美好一点，更美好一点。

好自己的另一层含义，是对自己好。谁会愿意对自己不好吗？没有，但很多人还真的不懂怎样才是对自己好。无条件地满足自己的物欲和私欲，就是对自己好吗？是，也不是。不择手段地实现自己的期望和愿望，就是对自己好吗？是，也不是。因为，欲壑是无法填满的，心愿也无法总是顺遂的。所以，对自己好，不应是增量，而该是减量，学会给自己减持、减量、减压。对自己多一点宽松，少一点求全责备，不做苦行僧；多一点宽忍，少一点吹毛求疵，不做怨男怨女。你给别人的那些美好，也给自己留一点吧。其实，对自己好，也才能有资格、有能力对别人好。

努力做好自己，也不忘对自己好，我觉得，这就是好自己。

每个人都是好自己，则家庭和睦，社会祥宁。重要的是，你是好自己了，你才不枉此生，亦不负与你同行的人们。

我不会为难你,但生活会

因为午饭问题,儿子和我"杠"上了。

放暑假后,儿子的午饭一时成了难题。我和妻子工作都很忙,两个人都没时间中午赶回去给他做午饭。以前的暑假,都是他奶奶从老家赶来,照顾他,但现在奶奶年纪大了,身体又不大好,便没让她过来。

但儿子每天得吃饭啊,怎么办?

我提了两个选项:一是他自己学会烧饭。我们早上会把菜买好的,想吃什么,就自己烧什么;或者每天中午骑自行车来我单位的食堂吃饭。儿子太"宅",缺少锻炼,这样既可以解决中饭问题,又活动了身体。

儿子却觉得,自己根本不会做饭,也不想学做饭,而为了吃一顿饭,这么热的天,来回骑自行车,又太热,太累,还浪费时间,不值得。总之,他认为,我这是在为难他。

我当然不是为难他,只是要解决现实的问题。

在儿子看来，不光是一个午饭问题，在很多事情上，我都是故意为难他——

读中学后，学校离家远了，但家门口不远就有公交车，我就让他自己每天坐公交车上下学。他认为我不再像小学时那样，每天开车接送他，就是为难他，对他没小时候那么好了。

学校布置任务，让学生利用假期参加一些有益的社区活动。但很多家长觉得这样太浪费孩子学习的时间，没有什么意义，于是就帮孩子拿着表格直接去社区盖个章了事。儿子也央我帮他去社区盖个章。我没答应他，让他自己去社区报到，参加适当的活动后，自己去盖章。儿子觉得，我这是故意为难他，这点小事都不肯帮他忙。

儿子在学校与同学发生了矛盾，据说对方家长气势汹汹找到了老师。我没去。一则冲突不大；二则，我希望儿子能够遇事自己解决。儿子觉得我没有像别人的爸爸那样，为他助威，帮他出气，虽然这事后来在老师的主持下，两个孩子自己解决了。

儿子认为，随着他长大，我对他的照顾越来越少了，对他的关心越来越少了，对他的爱也越来越少了，更让他郁闷、不解和生气的是，我对他的为难甚至刁难，却越来越多了。

亲爱的儿子，我从来也不会刻意去为难你。如果你觉得我做的这些，都是为难你的话，那么我要告诉你，这不是我在为难你，你是我的孩子，我怎么会刻意为难你，与你作对呢？但是，生活一定会。生活不会放过你，如果它今天没有为难你，那么，明天一定会。而且，逃无可逃。

我不会刻意让你吃苦头。作为你的父亲，我多么希望你这一生，都不要吃任何苦，受任何罪，一辈子舒舒坦坦，平平安安，快快乐乐，幸幸福福。但是，生活迟早会让你吃苦头，栽跟头。

我也不会刻意折腾你。如果能够让你做什么都顺顺利利，不走弯路，不走歧路，不走断头路和回头路，人生将多么轻松，多么淡定，多么从容。但是，生活从来就不是一帆风顺的，它绝不会对任何人心慈手软，它总是会以这样那样的面目阻挠你，限制你，折腾你。

我更不会刻意让你遭受任何打击和委屈。人生苦短，不遭遇失败，不被人误解，不受人指使，不看人脸色，是多么美好的一件事情。小的时候，你只要皱一皱眉头，嘟一嘟小嘴，都会让我们心疼不已。但是，生活一定会在你的人生路上，埋下这样那样的坎，布下大大小小的坑，让你猝不及防，伤痕累累。

是的，在你成长途中，我不会刻意去做任何与你过不去的事情，我不希望你受苦、遭罪、委屈、痛苦、伤心。但是，正如我说的，生活不会放过你，它在给你带来满足、成功、幸福和快乐的同时，一定会给你制造更多的失落、失败和失意，躲是躲不掉的，逃是逃不掉的，忽视或无视它，也是绝不可能的。

我写下这些，是要告诉你，生活给你的，不仅有坦途，也有坎坷；不仅有光明，也有黑暗；不仅有快乐，也有悲伤；不仅有快意，也有失意。我们无法取舍，但我们可以选择怎样去面对。

你说实话，我不生气

问过一群学生，当妈妈说什么话的时候，你觉得最恐怖？

几乎一致的回答是，妈妈要求或命令我们说实话的时候。

为了让我们说出实话，妈妈总是先动之以情晓之以理，然后心平气和，甚至是和颜悦色地对我们说："你说实话，我不生气。"

这是一句承诺。妈妈几乎所有的承诺，都是认真的，打算不折不扣兑现的。比如，她告诉我们，最爱的人是我们。还比如，她答应要永远爱我们。她说到总是做到。但这一句，多半会是个例外。

小时候，考试考砸了，惴惴不安地回到家，妈妈从你脸上的表情，其实就大致已经预见了端倪。不过，她还是不甘心，希望自己的判断是错误的，她故作若无其事地说："你说实话，到底考得怎样？我不生气。"

你小心翼翼地拿出了考卷，递给妈妈，眼神里满是张皇。妈妈接过试卷，一行行看下去，脸色越来越难看，呼吸越来越局促，像一只不断充气的气球，不可避免地爆炸了："这么简单的题目，你怎么都不会做？我告诉你多少次了，怎么还是记不住？你长脑子是干啥的？"

一顿臭骂。如果这时候你胆敢反问她，你不是答应不生气的吗？

就像一粒愤怒的子弹，没打着对方，反被击了回来，眼看就要打中自己了。这场面真是尴尬。不过，永远不要小瞧了妈妈的智慧，她总是有办法对付各种局面的，她理直气壮地吼道："没错，我答应不生你的气，我不生你的气，我干吗要生你的气？我是生我自己的气，怎么生出你这样笨的孩子！"

妈妈不生你的气，而生自己的气，后果往往更严重。

随着年龄渐长，我们的秘密也越来越多，这让妈妈既好奇又焦虑，她希望掌握得更多。她旁敲侧击地问："你是不是喜欢上了你们班的某某？你说实话，我不生气，我不责骂你。"

这个某某，是你日记里的主角。你没想到，妈妈竟然对你的心思这么了解。感动之下，你和盘托出了内心深处的小秘密。妈妈听着听着，脸由红而白，由白而紫，终于不可遏止地迸发了："你才多大点，就想啊念啊爱啊恨啊，羞不羞？臊不臊？"

你又一次忘了，妈妈的"你说实话，我不生气"，多半是不算数的。

你长大了，你独立了。你不常回家，也不常见到妈妈了。

春节回家，妈妈望着你身后，空荡荡的身后，让她觉得空落落的。她拉住你，心疼地说，都掉头发了，都有白发了。边说，边叹气:"跟你差不多大的,都做爸爸(妈妈)了。你怎么一点不着急?到底是为什么还没处上对象?你跟妈说实话,我不生气,我不怪你。"

你有的是理由:工作太忙,还没时间考虑;没碰到合适的;一个人也蛮好的……你解释了一大堆,可很显然,妈妈不愿听,也听不进去。

"你说实话,我不生气","你说实话,我不骂你","你说实话,我不怪你","你说实话,我不难过"……从小到大,妈妈的"你说实话",如影随形。是我们假话说得太多吗?不是。是妈妈对我们的话,总是不信任吗?也不是。就像放飞的风筝,既希望它飞得更高,又总是担心它会断了线。我们有多少惹她生气的"实话",就有多少是让她不放心,让她担忧,让她永远牵肠挂肚的。

当她垂垂老矣,我们陪着她从医院走出,她瞅着诊断书,喘气,问:"你说实话,我是不是治不好了?我不……"顿了顿,她平静地接着说:"你放心,我不会倒下,我能受得了。"

可是,妈妈,请原谅我们对你说了那么多"实话",一次次惹你生气,不开心,但这一次,我们都没有对你说实话,虽然我们明知道谎言并不能留住你。多么希望你还能像以往一样,为此而生气,怒发冲冠,大声地、有力地说出:"不!"

我们每天都在暴殄天物？

儿子问妈妈，什么叫暴殄天物？这是他新学的一个词。

妈妈说，暴殄天物啊，就是任意糟蹋东西。

儿子又说，你给我举个例子吧。

妈妈想了想，说，比如我做了一桌好吃的饭菜，但是你和爸爸都没吃几口，最后只好倒掉了，这就是暴殄天物。

儿子歪着头，做沉思状，半晌，说，我明白了。

妈妈赞赏地摸摸儿子的头，说，那你用这个词造个句子吧。

儿子自信地点点头，一字一顿地说——我们一家都暴殄天物。

一旁的爸爸瞪了儿子一眼，造的什么破句子！我和你妈妈辛辛苦苦，省吃俭用，为的就是把你拉扯大，让你接受好的教育，我们一家怎么就暴殄天物了？

儿子倔着小脑袋，不服气地说，我们一家就是暴殄天物！

爸爸静了静，说，那你倒是说说看，我和你妈妈怎么就暴殄天物了？

儿子说，那我就先说妈妈吧。妈妈一点也不知道顾惜自己的身体。你上班很累，回家又要洗衣做饭，很辛苦。能够休息的时间本来就不多，但晚上还经常出去跟几个阿姨打牌，一玩就玩很晚。有时候不出去打牌，就瘫在沙发上，不是看电视，就是玩手机。一天到晚不运动，生活方式很不健康，把身体都搞垮了。我记得小时候，妈妈又漂亮，又苗条，还喜欢运动，脸色红润，人家都说我妈妈健康漂亮。可是，现在妈妈又胖又虚，你这样白白糟蹋了自己的健康，是不是暴殄天物？

听了儿子的话，妈妈像个孩子一样，低下了头。

儿子接着说，我再来说说老爸。我们这个家庭，本来很幸福，很温馨，一家人在一起，多快乐啊。可是，自从你升职之后，你似乎就不那么在意我们了，经常在外面应酬、喝酒、打牌，常常半夜三更才回家。我都长这么大了，你陪伴我多少次？反正我记得的不多。妈妈都有好多根白头发了，你陪伴妈妈又有多少次？妈妈跟你吵架时说，这个家就像旅馆一样。我觉得妈妈讲得一点也不过分，你就是很少陪伴我们，也不在意我们，可我们是一家人呢，家是一个多么温馨的港湾啊。你说说，放着这么温暖幸福的一个家，你却无视亲情，是不是暴殄天物？

爸爸赤红了脸，无语。

过了一会，爸爸说，你的批评我们接受。但是，你不能像个手电筒，只照别人，不照自己。你不妨也说说，你有没有暴殄天物？

儿子低垂了头，喃喃地说，我……我也暴殄天物了。我喜欢玩游戏，一玩就忘记了时间，忘记了作业，把宝贵的时间没有用在有意义的事上，这是暴殄天物。还有，去年妈妈给我买的新衣服，我因为不喜欢款式，只穿了一次，就不肯再穿了，也是暴殄天物。我知道你们对我好，但有时就是不愿意配合你们，故意要跟你们对着干，弄得我自己跟你们都不开心，这也是暴殄天物。

听着听着，妈妈忽然扑哧一声，乐了。爸爸也笑了。儿子的自省，让他们感受到，儿子真的在慢慢长大。

爸爸拍了拍儿子的肩膀，说，重要的不是你今天又学会了一个词，而是让我们也明白了一个道理，我们可能真的自觉或不自觉地暴殄天物了，家庭、亲情、健康、时间、青春，这些美好的东西，往往也是最容易被忽视的宝贵财富。当你冷漠了家庭，忽视了亲情，透支了健康，糟蹋了时间，挥霍了青春，那不就是暴殄天物吗？我们再也不要每天都在暴殄天物而不自知了。

爸爸、妈妈和儿子，击掌而笑，他们的快乐从窗户飘出来，在小区上空，久久回荡。

我回来了

3岁。你和小伙伴们在外面玩够了,一回到家,就嚷嚷开了:"妈妈,我回来了,我渴了!"妈妈赶紧给你端来一杯温开水。你咕嘟咕嘟地喝着,妈妈轻轻帮你把身上的灰尘拍掉,细心地将粘在衣服上的草叶捡掉,完了,在你脸颊上,狠狠亲了一口。

8岁。放学了,你背着沉重的书包回到家。打开门,你迫不及待地对妈妈喊道:"妈妈,我回来了,我饿了!"妈妈帮你卸下书包,匆忙回到厨房,给你煎两个荷包蛋,或者下一碗热腾腾的面条。你吃饱了,到房间做作业去了。妈妈欣慰地帮你带上了房门。

14岁。回到家,你一脚踢飞了脚上的鞋子。妈妈在厨房问:"谁回来了?"你闷声闷气地嘟囔了一句:"妈,我回来了。"妈妈问你,渴了吧?饿了吧?你没好气地答,不渴,不饿,烦死了!你可能在学校挨了老师的批,也许是考试没考好,又或者和哪个同学闹了点小矛盾,总之,心情不好,懒得说话。你回到自己的房间,"嘭"的一声,重重地将门关上了。妈妈从厨房走到你的门边,犹豫了半天，终于没有敲开你的门，只是摇摇头，叹了一口气。

20岁。放假，你从外地的大学回到了家。你兴奋地打开了家门，大声喊道："妈，是我，我回来了！"妈妈和爸爸都赶紧从房间走出来，妈妈接过你手上拎的袋子，爸爸连忙帮你拎起行李箱。他们本来是要去车站接你的，你不想劳累他们，最主要的是，你想给他们一个惊喜，所以，你并没有告诉他们哪一天回家。现在，你终于回来了，你看到了妈妈和爸爸都一脸惊喜，这让你很开心。

28岁。一个假日，你回了趟家。你站在门外，停顿了一会，才大声喊："妈，我回来了。"已经放假两三天了，你才回家，不是你不想回家，是你害怕妈妈的眼神，她总是往你身后瞅，希望哪一天能在你身后突然冒出一个田螺姑娘什么的。妈怯怯地问："又一个人回来的啊？"你无奈而羞愧地点点头。妈虽然有点失望，还是高兴地说："回来就好，回来就好，你爸爸这几天一直唠叨你呢。"

33岁。下班回到家。你用钥匙打开门，习惯性地喊："妈——"你突然停住了，自嘲地笑笑，继而快乐地大喊了一声："老婆，我回来了！"

37岁。很晚，你回到了家。疲惫地喊了一声："老婆，我回来了。这一天，可把我累坏了！"

42岁。你终于抽空回了趟老家，你太忙了，已经很久没有回老家了。你站在院子外，大声喊："妈，爸，我回来了！"一个佝偻的背影出现在门口，紧接着听到一个苍老的声音："死老头子，还不快来看看，是谁回来了？！"

52岁。你又一次回到了老家。站在老宅前,你不禁潸然泪下,哽咽地喊了一声:"妈,爸,我回……回来了。"没有回声,只有风呜呜地吹着。

56岁。你回到了家,一屁股坐在沙发上,对厨房里嘀咕了一声:"老太婆,我回来了。"厨房里传来熟悉的回音:"饭马上就做好了。"

65岁。你生了一场大病,住了好多天的医院,这天,儿子接你出院,回家。你跨进家门,虚弱但激动地喊了一声:"老太婆,我胡汉三又回来喽!"

80岁。和一帮老汉在墙根下晒了一下午的太阳,你拄着拐杖回家,哆哆嗦嗦地掏出钥匙,打开了家门,你习惯性地喊:"老太婆,我——"你突然顿住了。你慢慢走到卧室,用手擦了擦墙上挂着的老太婆的遗像,轻声说:"老太婆,我回来了。"

82岁。你在阳台上站了一小会儿,然后,吃力地挪回到房间,对着墙上的相片,一字一顿地说:"老太婆,我回来了。"

你躺下,嘟囔了一句:"妈,我回来了。"你睡着了。

放风筝的父与子

城市广场，很多人在放风筝。

大多是男人带着孩子，女人则坐在草地上，笑吟吟地看。

我注意到了一对父子。他们之所以特别醒目，是因为他们的风筝比别的都大，看得出是自己做的。也许是父亲亲手制作的，也许是父子俩一起做的，母亲大约也帮了不少忙，因为裁剪和缝纫的针脚，精细缜密。做出这样的风筝，肯定花了不少时间和心思，但过程一定充满了快乐和期待。

他们将风筝平铺在地上，孩子牵着风筝的尾，父亲开始慢慢放线。放了十几米，父亲回头，将线拉直，绷紧，然后，右手拽住线，高高举起。父亲的这个高度很重要，风筝能不能顺利飞起来，与他手中的线能举得多高有很大关系。很多事情都是这样，起点很重要。

父亲看着孩子，问，"你准备好了吗？"

孩子兴奋地回答，"好了。"

父亲大喊一声,"放!"同时,转身,一手举线,一手拿着转盘,快速奔跑。他身后的风筝,摇摇晃晃地飞了起来。

孩子飞快地跑向父亲,他很快就追上了父亲。你很难想象,一个孩子的奔跑速度能有多快,他总能追上父亲,并且最终一定跑得比他还快。

风筝已经升到了树梢的高度,它必须飞得更高。这时候除了继续奔跑外,还需要一点风。风总是有的,只是大小不同而已,一个高明的人,即使在你感受不到一丝风的时候,也能把风筝放飞到天空,他靠的是力量和智慧。而现在是春天,一个多风的季节,最重要的是,升腾的地气能够助你一臂之力,让风筝轻快地飞往高空。春天,除了万物生长外,也比任何时候都更容易放飞风筝和梦想。

父亲将手中的转盘和线都交给了孩子。孩子激动地接过来,紧紧地拽住风筝的线。他一圈圈地将转盘里的线放出来,希望风筝快一点飞到高空。可是,风筝突然在空中打了一个趔趄,摇摇晃晃,像喝醉了酒一样。儿子慌了手脚,不知所措,父亲赶紧一把将线拉紧,紧绷的线使半空中的风筝停止了摇摆。等风筝完全稳住了,父亲告诉儿子,可以继续放线了。

孩子很快就搞懂了放风筝的诀窍:紧一紧,是为了稳住风筝,不让它失去重心和方向;放一放,是为了给风筝自由,让它能够飞得更高。孩子笑了,父亲也笑了。

他们的风筝,飞得越来越高。

转盘里的线已经不多了,孩子想将最后一点线也放掉,这样,风筝就能再飞得高一点。但父亲阻止了他,父亲告诉他,如果将线全部放完了,一旦风筝在空中遇到强风什么的,你就没有线可放了,也就失去了缓冲的余地,风筝很可能被强风卷走,线断而去。孩子似懂非懂地点点头。他仰起头,自豪地看着高空中的风筝,像鸟一样翱翔。

他们牵着高空中的风筝,走到了一个女人的身边。女人抬起头,一手遮在额前,眺望高空。她看到了他们的风筝,飞得那么高,那么稳,她摸摸儿子的头,甜甜地笑了。

在晴朗的天空中,飞满了风筝。城市广场上,到处是笑意盈盈的人们,男人,女人,和他们的孩子。

我给在远方上大学的儿子打了一个电话,告诉他,我和他妈妈一切安好,他也告诉我,他现在的生活很充实,很快乐。我笑着挂了电话。

爸爸，我可不可以不如你

儿子的一位同学，神情颓丧地来找儿子，诉说心中的苦闷。他们也不避讳我，坐在客厅里就扯开了，我也得以了解一二，归结为一点，对他爸爸很不满意。

这让我非常意外。他爸爸我也算是认识的，很成功的一位父亲啊，我们在家长会上见过几面，一看就是事业有成，温文尔雅，见多识广。孩子们都知道他有一个好爸爸，无不艳羡他。这样优秀的一个爸爸，孩子怎么还会不满意呢？

儿子的同学忧郁地说，正因为他太优秀了，才让我喘不过气来。

这叫什么逻辑？

儿子的同学摆出了一大摊苦经——

爸爸是农村出来的，从爷爷辈起，我们家就没一个读过书认得字，爸爸是我们家，也是我们村出的第一个大学生。20世纪80年代，那可是轰动整个山村的大事件。全家人都以爸爸为豪。说实话，我也挺佩服爸爸的，他那个时代，考大学本来就不容易，何况家里生活又那么差，学习条件又那么差。可是，他不该老是拿这事来压我啊，他经常挂在嘴边的一句话是：你现在的生活比我那时候好很多倍，学习条件比我那时候不知道强多少，因此，不管怎么说，你总不能不如我吧？

这给我多大的压力啊。儿子的同学叹着气，无奈地摇着头。不单是这个，他什么东西都喜欢拿我和他比。我的英语不太好，他买了一大堆英语碟片读物。虽然这些东西给了我一些帮助，但我的英语仍然没多大提高。爸爸开始不高兴了，经常板着脸对我说，这么好的条件，你都学不好英语，太不像话了！想想当年，我连本英语词典都买不起，还不照样学会了英语。不管怎么说，你至少得比我强吧。

叔叔，您说说，凭什么我就一定要比他强？儿子的同学一脸憋屈地看着我。小伙子继续发泄着心中的不悦。有一次，我们几个同学谈到未来面临的就业问题，我爸爸在一边听着听着，忽然当着我同学的面，一本正经地对我说，你爷爷是个地道的农民，我也是农民出身，可是，我凭着自己的努力，不但进了城，念了大学，成了公务员，还当上了副处长。你将来不管怎么样，至少不能混得比我差吧？我的同学听了他的话，一个个面面相觑，我恨不得找个地缝钻进去。没错，他靠自己的努力，做到今天这一步，确实很不容易。可是，这有什么值得骄傲的呢，而且，为什么要我一定要超过他，难道他当上了副处长，我将来就一定要当处长局长才行吗？再说，我对从政一点兴趣也没有，根本不存在可比性啊。

听着儿子同学的诉说，我大致听明白了。儿子在一边附和道，其实我爸爸和你爸爸一样，也喜欢拿他自己和我比。我诧异地看着儿子。儿子噘着嘴巴说，别的不说，我只举一个例子。我的语文一直不太好，尤其头疼的就是作文了，你是不是老是拿你和我比，说什么你的文章都能四处发表，有的文章还上了语文阅读理解考试题，为什么自己的儿子连个像样的作文都写不出来？

儿子没说假话，我确实对儿子的作文不敢苟同，我也经常会有意无意地在儿子身上寻找，那些比我强的地方。作为父母，我和天下的父母一样，总希望自己的孩子能够超过自己，比自己这一代有出息。难道这有什么不妥吗？可是，从儿子和他的同学来看，他们显然对我们的一厢情愿，并不买账。相反，过多的比较，反而让他们厌烦，甚至逆反。

正踌躇着怎么和儿子他们沟通，儿子的同学忽然说，其实，我也有比我爸爸强的地方，前不久，我刚刚参加全国中学生信息学奥林匹克竞赛，还获得了二等奖，而我爸爸，至今连怎么微信聊天都不会。

我拍拍儿子和他的肩膀。我赞成他们的观点，你们可以不比自己的爸爸强，也不一定什么都要超过自己的父母，但你们同时应该知道，你们身上，一定有超过你们父母的地方。

孩子，我认同这样的超越。

第四辑

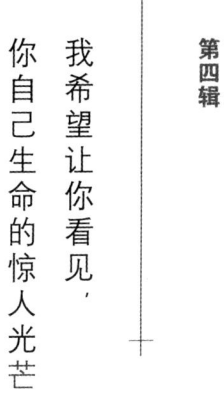

我希望让你看见,
你自己生命的惊人光芒

我听得见

岳父因病住院，我晚上去陪护。

一间病房住着三个病人，加上每个病人一个陪护的，小小的病房，显得有点拥挤。

邻床住着一位老太太，床头病历卡上写着，87岁。陪护的是她的长子，也已经60多岁了，头发都花白了。老太太因为心肌炎住院，这几天冷空气南下，气压很低，老太太病情有点加剧，常常躺在病床上，大口大口地喘气。

病情稳定的时候，老太太就让儿子将病床摇高一点，身子斜靠在病床上，和左右两边的病人，或者陪护聊天。得的是什么病啊，有几个子女啊，来陪护的是谁啊，老太太都关心地问一遍。老太太嗓门很大，让人简直不敢相信，这是一位快九十高龄的老人的声音。老太太每问一句，她的儿子就将别人答的话，附在老太太耳边大声地重复一遍。老太太的儿子说，老人的听力不好，别人讲的话，她基本上都听不见了，偏偏还特别喜欢跟人说话。平时在家里，老太太与别人唠嗑，他都要站在身边，为老人复述。儿子笑着说，就这样她还不乐意呢，有时候他复述的声音大了点，老太太会不满地嘟囔，让他小点声，她听得见呢。她哪里听得见啊，儿子无奈地摇摇头，花白的头发在灯光下一闪一闪。

老太太安静的时候，每隔一段时间，坐在老太太身边的儿子，都会俯身凑近老太太的耳边，问她想不想喝点水，或者要不要吃一片水果，或者有没有哪里痒要挠一挠。儿子说，这是医生交代的，为安全起见，怕老太太睡过去。可是，声音低了，老太太根本听不见，喊不醒；声音高了，又怕吵着同病房的其他病人。儿子便只好贴着老太太的耳朵，压着嗓门，大声地说话，本就苍老的声音，因而变调得有点怪异。老太太一次次被喊醒，有时候会乖乖地喝一小口水，或者吃一小片苹果什么的，有时候老太太则显得很生气，责怪他声音太大，吵死人了！老太太像个孩子一样，儿子就一脸笑容地哄着老太太，直到老太太的脸上也露出笑容。病房里的其他病人和陪护，都会心地笑了，人老了，有时候确实像个孩子呢。

大家都习惯了老太太的大嗓门，老太太有力气大声说话，至少说明她的身体还不错。不过，回老太太话时，大家却还是习惯性地小着声，因为，即使你再大声，也得老太太的儿子复述，不然，老太太半句也听不清。

有一天早晨，老太太的病床前，忽然多出了一块小黑板，以为是医生挂在病床前记录什么的，走过去一看，上面什么也没有。让人纳闷。

医生查过病房后，老太太的精神看起来不错，大声地说着话，一会儿问我的岳父，今天感觉有没有好一点？一会儿又问另一位病人，还感觉胸闷吗？可是，奇怪，老太太的儿子今天怎么没复述别人的话？再一看，老太太每问一句，别人回答一句，儿子就在黑板上刷刷地写着，然后，竖起来亮给老太太看。我们好奇地问老太太的儿子，为什么要费这个周折？老太太的儿子笑着指指老太太，她怕我的声音大，吵了别人，所以，让我将家里的这块小黑板拿来，你们跟她讲的话，或者我要跟她讲什么，就写在黑板上。老太太视力还不错，字大一点，还都能看清的，而且，老太太以前是老师，也习惯看黑板。

真没想到，这块黑板竟然是这个用途，这个可敬可亲的老太太，即使病中，也不肯打扰了他人。

聊了一会儿，老太太有点累了，倚靠在病床上，眯起了眼睛。她的神情安静慈祥，多么像离开我们多年的奶奶啊。

不完美

偶尔看到一段视频,是国外一个普通人的葬礼。

追思会上,逝者的妻子上台讲话。她的神情显得肃穆、疲惫。她说:"今天我不打算在这里赞美我的丈夫,我也不打算说他任何的优点,因为这些大家都已经说了很多,也听了很多。"

我不能确定这是哪个国家,但我想,在这样的场合,任何地方的人恐怕都一样,都会说说逝者的好处和优点,那些让人们感动的难以忘怀的往事。可是,这位妻子看来有别的话要说。

她接着说:"今天我想和大家分享一些可能让大家感到比较不自在的事。你们都有碰过早上启动汽车引擎不动的状况吗?"汽车发动不着?还真碰到过,特别是冬天,随着钥匙的转动,发动机发出"吭——哧——"的怪异声,就是点不了火,让人着急、生气,又无可奈何。可是,这与逝者有什么关系?

她稍稍停顿了下,忽然嘴巴里发出"吭——哧——"的怪异声,没错,是她在模仿汽车点不着火时的那种声音。在肃穆的追思会现场,这种怪异的声音,显得如此突兀,而从一个刚刚丧夫的妻子口中传出来,就更让人不可思议。她说:"他打呼的声音就像是这样。"原来她是在模仿丈夫打鼾的声音。台下传来哧哧的笑声。是那种忍俊不禁的笑。

她又模仿了两声,"吭——哧——",声调更加激昂。这一次,下面的人都憋不住了,发出呵呵的笑声。很多男人的鼾声,就是枕边无休无止的噪音。看得出,大家都心领神会。

"不过,这只是前奏而已,紧接着,他还会继续制造出连绵不绝的排气管音效。"排气管音效,这个比喻真是太搞笑了,台下发出一阵阵哈哈的大笑声。

看到这儿,我也笑了。说实话,刚看视频时,我的心情还是有点凝重的,观看葬礼嘛,心情哪里会轻松。不过,看到这儿,我脸上差不多已经完全没有当初的凝重了。

逝者的妻子继续说:"有时,也因为太大声,连他自己也从睡梦中惊醒,还问:'什么声音这么吵啊?'"

真是太有趣了,太逗了,台下的人,笑得前仰后合。我想象着,一个男人,张着嘴,鼾声如雷的样子。枕边有个这样的"排气管",一定苦不堪言,没有一个夜晚,能够是宁静安谧的了吧?

可是,可是,这不是追思会吗?大家应该神色哀伤,哭哭啼啼,抽抽搭搭,泪流满面才对啊。怎么成了一场喜剧?

"感觉很好笑吧?"她面带笑容问大家。

不少人已经笑得实在受不了了,捂着嘴巴。

她忽然话锋一转:"但是,在他病情恶化之后,这些声音却成为我一种安慰,提醒着我,他还活着。"说到这儿,她咬紧嘴唇。停顿了一会儿,她声音哽咽着说:"现在……我再也无法在睡前听到这些声音……"再次停顿。她仰起头:"人生就是这样,携手一生,记忆最深的却是这些点点滴滴不完美的小事情,凝聚成我们心中的完美。"

台下的人,笑容都不见了,每个人都面色凝重,眼含热泪。

我的喉咙也一阵阵发干,鼻子发酸,泪水在我的眼眶中打转。

这个短短两分钟的视频,有一分半钟,我是在笑声中观看的。我没有想到,在最后那一刻,我会被深深地打动。

我复述下这个视频,是想告诉我自己,也告诉我的亲人,人都是不完美的,无论是妻子,还是丈夫;无论是父母,还是孩子;无论是同事,还是朋友。我们每个人都会有这样那样的缺点、瑕疵、小毛病,有的缺点、瑕疵和小毛病,还会被我们有意无意地放大,以致变得不可忍受。可是,不要忘了,正是这些点点滴滴不完美的小事情,才凝聚成我们心中的完美。

只是别等到失去了,才想起珍惜。

你的心是一扇什么门

孩子的心，是一道玻璃门，洁净，透明。里面装着什么，一目了然；从里面看外面，也是清清楚楚。说是一扇门，但是还不会遮挡，不知道掩饰，所以，它更像是一扇窗。

十三四岁的心，是一道木栅门，栅栏外面是风景，栅栏里面也是美不胜收。这个年纪，心就是挡不住的春色，关不住的春风，而春天就像栅栏上的藤蔓，让人无法判断，它是从栅栏外面长出来的，还是从栅栏里面冒出来的。

十七八岁了，开始怀了心思，有了念想，心就是一道纱门，从里面可以清楚地看见外面，而从外面看里面，却朦朦胧胧，若隐若现，似有似无。这时候的心，已经萌动，还没有绽开。纱门有选择地泄露一点，放进一点，挡住一点。

青年的心是一道木头门，即使门关着，你也能清晰地听到门里面那颗心"咚咚"地跳跃，没有门能关得住一颗躁动不安蠢蠢欲动的心。任何一点火种，都能将年轻的心点燃，而木门，将是最容易燃着的那部分。

中年的心是一道防盗门。这个年龄，有家有业，春风得意；上有老下有小，肩头的责任又最重。所以，这道门既要能给家人以安全感，又要能拒绝外来的诱惑。一道防盗门，不仅要防得住外面的人进来偷窃，还得能够防得住里面的心不出墙不越矩。

老年的心应该是一道卷帘门。人之暮年，如一日之黄昏，人生的酸甜苦辣，皆已尝尽，本没有什么想不开，放不下，丢不掉的了。将门帘卷起一角，看云舒风淡，何其惬意？想进来的，不妨走进；想走出去的，也不妨走出：心就是那扇卷起一半的门帘，进进出出的，无非过眼云烟。

浪漫的心，是一道旋转门，人生的舞台上，每一次旋转，都旋出不一样的风景；苦涩的心，是一道厚重的大铁门，沉重，沉闷，沉寂，锈迹斑斑；而敏感的心，是一道感应门，喜怒哀乐，都写在脸上，但是，只要你靠近它，它就会为你打开。

既然我们的心，是一道门，它就具备门的特征。

它一定有一个把手，以便于我们握住它，打开它。不管一颗心多么坚硬，它总有一块凸出的地方，总有一个温暖的把手，找到并抓住它，你就能打开一扇门，走进一颗心。

它一定有一只锁和一把钥匙。门的本质是为了关上、锁住，但是，这个世界有一只锁，就一定有一把与之匹配并能将它打开的钥匙。所以，不管一颗心有多么冰冷，多么脆弱，多么固执，只要不放弃，你就能找到打开这个心结的钥匙。

有没有一种可能,一个人的心因为时常受打击、屡遭重创而死了,彻底地关闭了,没有了通往心的门?如果有的话,上帝在关上他的心门的时候,一定已经开了一扇窗,而窗只是没有门槛的门。

那么,你的心会是怎样一道门?无论你是一扇什么样的门,有一点可以肯定,当你打开自己的心门,你就离另一颗心近了一步。很多时候,打开门,我们才惊喜地发现,人与人之间,心与心之间,常常只是一门之隔。

两个苹果

伢的手里有两个苹果。

妈妈说,给我一个呗。伢看看左手的苹果,又看看右手的苹果,将其中的一个苹果,递给妈妈。

如果两个苹果,一大一小,伢把大的苹果给妈妈,妈妈很开心;伢舍不得给大的,将小的给了妈妈,妈妈也开心。

如果两个苹果,一红一青,伢把红的苹果给妈妈,妈妈很开心;伢将青的给了妈妈,妈妈也开心。

也可能是这样。伢将手里的两个苹果,同时递到妈妈的面前,让妈妈自己挑选。妈妈很开心地选了其中的一个。

还可能是这样。伢将左手的苹果,咬了一口,又将右手的苹果,也咬了一口……

倘若遇到这种情况,妈妈会怎样?

很多妈妈,看到伢的这个举动,生气了:你这伢,怎么这样呢?你不想给妈妈,就直接跟妈妈说好了,犯不着将两个苹果都咬一口啊。

性急的妈妈,还可能一把夺过孩子手中的苹果,责骂道:这是妈妈买给你的,你都这样自私小气,长大了还得了?

伢蒙了,眼里噙着泪水。

其实,耐心地等一等,情形也许是这样的——

伢将左手的苹果,咬了一口,又将右手的苹果,也咬了一口,然后,将其中的一个苹果递给妈妈:妈妈,这个苹果甜一点,给你吃。

也可能不是把甜的给妈妈,而是酸的:妈妈,这个苹果酸一点,给你吃。

还可能这样:妈妈,这个苹果脆一点,给你吃。

又或者是这样:妈妈,这个苹果面一点,给你吃。

没错,伢给妈妈的那个苹果,正是妈妈喜欢的口味:甜的或者酸的,脆的或者面的,红的或者青的。伢把你喜欢的,给了你。

不要急于对孩子的行为做出评价,很多时候,耐心一点,等一等,再等一等,孩子的爱,在路上。永远不要误伤了他。

那么,将妈妈爱吃的那只苹果给妈妈,这是孩子的天性吗?

要回答这个问题,不妨先设想一下,如果不是伢的手里有两个苹果,而是你——爸爸或妈妈的手里,有两个苹果,情形会怎样?

你一定会先削掉皮,然后,将其中的一只苹果,递给伢。

看起来你是如此漫不经心,但是,不,在削苹果皮的时候,你就已经决定了,哪一个苹果给伢吃——

如果是一大一小，你会将大的给伢；

如果是一红一青，你会将红的给伢；

如果是一甜一酸，你会将甜的给伢；

如果一个是好的，一个却有了虫斑或溃烂，你会将好的那个给伢……

毫不犹豫！甚至都不需要思考，出于本能，你就会将伢爱吃的，或者更好的那只苹果，给伢。

如果伢将你给他的那个苹果，啃了几口，却觉得不好吃，要和你调换，你会毫无怨言地与他调换；

如果伢吃了他的苹果，觉得不过瘾，还想吃，你会立即将另一只苹果也给他。看着伢将两个苹果都美滋滋地吃下去了，爸爸或妈妈，往往比自己吃了那个苹果还开心。

这是你对伢的爱。不要以为伢懵懵懂懂，什么都不知道，他从你的行为里感受到了你对他的爱，而最关键的是，要让伢明白并学会，爱一个人，就要"心里有别人"，舍得把最好的给别人。

爱孩子，无悔地、无私地、无怨地爱孩子，是父母长辈的本能，让孩子体会、感受到我们的爱，不难，难的是，让孩子被爱的同时，懂得爱别人，学会把爱传递出去。就是当孩子手中有两个苹果的时候，懂得与人分享，并愿意将又大又好的那个苹果，给他所爱的人。

我希望让你看见，你自己生命的惊人光芒

你即将研究生毕业，参加工作，走入社会了。儿子，这意味着，你将正式长大成人，独自面对社会和你的人生。作为你的父亲，在你的成长路上，我曾经教育你很多，今天，我想再送你一句话："当你陷入孤独和黑暗时，我希望让你看见，你自己生命的惊人光芒！"

这句话，是波斯伟大的诗人哈菲兹的诗句，在你步入社会之初，我相信没有什么能比这句话，更能表达一个父亲的心愿和嘱托。

虽然你才二十出头，也已尝到了不少失败和挫折的滋味，但相对于未来的路来说，之前的失败和失意，或许根本不值一提。

中考提前招生时，因为太在意结果，考试前一晚，你失眠了，还发了烧，导致第二天的考试，发挥严重失常。那年，你没能走进萧山中学的实验班。这对你来说，可谓人生的第一次重击。我至今清晰地记得，分数公布的那一天，我去学校接你，你一言不发，我

也既没有问你结果,也没有安慰你。我知道,对一个 15 岁的少年来说,那样的失败意味着什么,而任何安慰的语言,此时此刻,都无比苍白。

此后的一个多月,你加倍地努力,我知道你心里蓄着一股劲,渴望在中考中,你的小宇宙能够全部爆发出来。生活没有辜负你,那年中考,你考了 514 分的好成绩,被杭州最好的中学——杭州二中录取。拿到录取通知书的那天,你终于笑了,笑得有点自鸣得意。这没什么不对,你凭自己的努力获得了成绩和认可,为什么不可以高兴一回、得意一番呢?

对大多数学生来说,踏进杭二中的大门,意味着半只脚跨进了理想大学的门槛。我们也是这么以为的。孰料,三年之后,当你踌躇满志、信心满满走进考场,我们也满怀期待的时候,考试结果再次给了你,也给了我们全家当头一棒,你的高考成绩比平常的摸底考试,足足低了 100 多分。所有你曾经梦想过的名校,都与你无缘。最终,你不得不选择了远在千里之外的一所大学。那差不多是你们班的同学考上的最差的一所大学了。

作为你的父亲,还有你的母亲,我们算是第一次真正品尝了你的失败带给我们的失落和惆怅,那痛苦的滋味,一点也不逊于我们自己的失败和失意。但是,我们知道,与你的感受比起来,我们的痛苦算不了什么。所以,我们一点也没有责怪你,我们只希望你能把握好大学四年,给自己未来的人生打好基础。

大学期间,因为你的成绩非常优秀,在大二时,被学校推荐到北京大学去深造了一个学期。我也因此有幸第一次走进了北大的校门。你知道，那对一个父亲来说，是多么自豪的一件事情嘛！可是，当你在北大的成绩出来的时候，我们完全惊呆了，你竟然有三门主课不及格！后来你才坦白真相，不是北大的考卷有多难，而是这整整一个学期，你基本上就是在北大边上的一个小网吧里度过的。你怯怯地告诉我们，你沉湎游戏已经很久了。

儿子，今天我可以实实在在地告诉你，那是比你高考失败带给我们更大的更严重的打击。高考失败，还有很多意外的因素存在，而你在北大的表现，简直就是自甘堕落，自我葬送。你把这么好的一个机会白白断送了，而且给自己的大学成绩单，第一次挂了三个红灯笼。

我以为在你身上，再也看不到什么希望了。那是我第一次对你如此失望，又如此绝望。我甚至差不多想放弃了，就像我这大半辈子，一次次放弃了自己的梦想一样。

然而，让我引以为豪的是，儿子，你没有放弃，你自己没有放弃。从北大回到学校后，你彻底觉醒了，断了游戏，重新拾起了课本，不单将那三门挂科的科目重修过了，而且，最终以不错的总成绩排名，被保研到浙江大学。你在人生最黑暗的时候，自己开启了另一扇希望的大门。

儿子，回首这 20 多年，你的人生也算是磕磕绊绊，一点也不顺利。你一次次遭受着失败的重击，又一次次自我疗伤，完成蜕变。在你失败的时候，在你失意的时候，在你彷徨的时候，在你经受挫折的时候，虽然我们也支持你，鼓励你，给你以信心和力量，但是，跨过所有艰难门槛的，靠的都是你自己。

未来，你可能会遭遇更多的挫折、失败和打击，你会发现，人生一世，殊为不易，你难免会陷入危机、困境、孤独、无助，甚至绝望和黑暗之中。怎么办？我希望你能记住我今天跟你说的话，我希望这时候你能看见，你自己生命的惊人光芒。

我们不能陪伴你、照顾你、帮助你一辈子，你自己的人生之路，必须你自己走，你可能遇到的任何困难和挫折，都只能自己去面对。你不能指靠任何人，唯有你自己的光芒，是离你最近的；唯有你自己的光芒，是伴你终身，永不熄灭的；唯有你自己的光芒，是自由的，不受任何人限制、左右的；唯有你自己的光芒，是不能被任何别的光芒所掩盖或扼杀的。

你自己生命的惊人光芒，就是你自己的能量，自己的源泉，自己的初心。

它就在你自己身上，我希望你能看见它，并守护好它。

如果你看见了你自身的光芒，你会发现，这个世界没有无法穿透的黑暗；你会相信，你的每一滴汗水，在不远的未来，都会凝结成花朵上的一滴甘霖；你也会惊喜地看见，你正昂首阔步行走在你自己照亮的，一条通往未来的幸福之路上。

亲爱的儿子，我不能照亮你一辈子，但你自己能，因为，和所有的青年一样，你们身上都有着惊人的光芒。我看见了，希望你也能看见。

父亲的脊梁和儿子的后背

术后,父亲都是母亲照顾,我离家最远,只能每隔一段时间,回家探望一下。

那天回家,阳光很好,是个少有的暖和的冬日。母亲将我悄悄拉到一边说,自从手术后,父亲就没有洗过澡,平时只能用热水帮他擦擦身子,今天难得天气这么好,让我带父亲去澡堂泡泡。

我去征求父亲的意见,他很高兴。

离家不远,就有家澡堂,病前,父亲常去那儿泡澡。我和父亲,慢慢走着去。

一路上,我在想该怎么办。印象中,长大之后,我就从没有上澡堂洗过澡,更没有陪父亲去过。像大多数的父子一样,我们父子俩的感情很好,我很尊重他,也有点惧怕他,但作为两个男人,我和父亲之间,却几乎没有任何肌体上的接触,我甚至不记得触碰过他的手。而现在,我将要单独和他面对面,还要帮他洗澡。我有点隐隐的担心,不知道怎么做。

脱光了衣服，往浴池走的时候，父亲忽然对我说，等会我自己洗，你放心，我能行。说着，父亲还甩了甩胳膊。洗好了，你来帮我搓搓背，好吗？父亲似乎看出了我的心思。我羞愧地点点头。

泡了一会，我帮父亲搓背。父亲教我怎么将毛巾缠在手上，怎么用力。我右手缠着毛巾，左手搭在父亲的后背上，慢慢往下搓。这是我第一次与父亲这么亲密地接触。父亲后背上的皮肤松松垮垮，一用力，感觉要被扯下来，而父亲曾经是多么强壮啊。浴池里湿气氤氲。我揉了揉眼睛。

搓到腰部时，手忽然被什么东西硌了下。低头一看，父亲的腰眼上，鼓起几个凸起的骨节，是扭曲变形的脊椎！难道父亲的腰眼受过伤？而我竟然一无所知。我轻声问父亲是怎么回事。父亲回头看了我一眼，淡淡地说，那是他年轻时当兵，一次训练时受的伤，这几年忽然加重了。父亲当过兵，我知道，而他在部队受过伤，我却从没听他讲过。难怪从我记事起，父亲的腰就一直不大好，站的时间稍长，他就得蹲下来。而家中所有的重活，都是他抢着做的。父亲一直给我们的感觉，他是这个家中力量最大的人。

帮父亲搓好背，父亲忽然对我说，你转过去，我也帮你搓搓背。我坚决不答应，父亲却很执拗，非得帮我也搓下。我只好同意他，简单地帮我搓下。

父亲熟练地将毛巾缠在手上。

父亲一只手搭在我的肩上，我的肩膀，不易察觉地抖动了一下。

父亲轻而有力地搓着我的后背,搓到右肩时,他忽然停了下来,你这个伤疤,是你两岁时我教你游泳,被水里的一块石头划的。那次,都怪我,没有弄清楚水里的情况,让你受了伤。真没想到,我的右肩胛有块伤疤?这么多年了,我还是第一次知道,更想不起来是怎么受伤的了。我笑笑,对父亲说,没事,早没感觉了。

父亲用手摸摸那块伤疤,然后很小心很轻柔地,继续往下搓。

我感到自己后背上的肌肤,在父亲的手指下,一寸寸地变得干净,轻柔,光滑。

父亲忽然又停了下来,你屁股上的这颗痣,怎么变大了啊?说着,还用手轻轻刮了下。我难为情地笑笑。父亲顾自说,你小时候,我和你母亲还总是开玩笑,有了这颗痣,就算你丢了,我们很容易就能找到你。

这颗痣,还是结婚后妻子发现告诉我的,以为只有我们两个知道。没想到,父亲也知道,并且至今清楚地记得。对我来说,后背是我最隐秘的地方,我从来看不见它,我的父亲,却像了解他的儿子一样,了解我后背上的每一寸肌肤。

我是搀着父亲,从浴室回家的。大病初愈后的父亲,显得有一点点虚弱,但我的双手触碰到的他的每一寸肌肤,都感受到从他体内焕发出来的从未有过的坚定和温暖。

孩子,我们的白发与你无关

读大学的儿子,发了一条微博。

儿子在微博上说,元旦回家,吃过晚饭,陪妈妈在小区里散步,走在妈妈身边,猛然发现,妈妈已经有了好多白发,那一刻,心中骤然充满了悲凉和歉疚。儿子说,妈妈忽然就老了,真的老了,妈妈太辛苦了,为自己操碎了心,而自己却一直不懂事,前不久,还为了一件小事,和妈妈在电话里闹得很不愉快。儿子自我反省,真是太不孝顺了,今后,一定要改正云云。

我和妻子一起,读了儿子的这条微博。妻子看着看着,泪眼婆娑。和天下的父母一样,我们对孩子的要求,其实很简单很简单,哪怕他什么也不做,只要嘴巴甜一点,我们都会感动、满足得一塌糊涂。

儿子已经长大成人了,他能认识到我们为他的付出,我当然也很开心。不过,儿子,我还是想跟你说,我必须要告诉你,我们的白发,其实与你无关,你不必为此愧疚,惶惶不安。

差不多从三十几岁开始,你妈妈就有了第一根白头发。那时候,你还很小,刚上小学吧。是你第一个发现了妈妈的白发,并将它写进了你的第一篇作文。很多孩子的第一篇作文,都是写妈妈的白发。你在作文里写道,妈妈的白头发,让你很心疼,你一定要好好学习,报答妈妈。就因为妈妈的白头发,你好像一下子长大了许多。妈妈看了你的作文,流下了眼泪。

但是,孩子,妈妈的头发,不是因为你才白的。小时候,你很调皮,不大听话,惹过不少事,我们确实为你操了很多心,付出了很多。但这是天底下所有的父母都会做的。照顾你,教育你,本来就是我们的应尽之责。所以,那一次,我表扬了你的作文,同时也告诉你,不要因为妈妈或者爸爸的白头发而自责,那与你无关。我们不会因为你淘气或者学习成绩不好,而冒出白发。告诉你这个,是不希望你小小年纪,就背负着沉重的心理负担。

妈妈爱美,第一根白头发拔掉了,第二根也拔掉了……但是,这几年,妈妈的白头发越来越多了,已经无法一一拔除了,甚至连染发剂也不能将它们很好地掩盖。与同龄人相比,妈妈的白头发似乎更多一点,除了遗传因素外,最大的原因,恐怕还是岁月的力量。有一天,我们终将满头白发,如霜如雪。这不必大惊小怪,也用不着难过。

不但我们的头发会越来越花白,更多衰老的迹象,都会逐一呈现。

从前年开始,我的眼睛已经老花了。以前戴的是近视眼镜,现在，看手机必须要摘下眼镜，才能看清楚。看报纸，要拿得远远的。用不了多久，我不得不准备两副眼镜：一副是近视眼镜，看远的；一副是老花眼镜，看近的。你妈妈的眼睛要好一点，但也开始有了老花的征兆。

小的时候，你老喜欢和我比身高。自从17岁那年，你的身高超过了我，你就再也不跟我比了。现在，你比我高出足足五厘米。儿子，很快你会发现，你还会比我更高。不是因为你还长身高，而是因为我在萎缩。上次体检，我的身高比以前竟然矮了一厘米。没错，我的骨头萎缩了，背有点驼了，脖子也老喜欢往里缩，脑袋也习惯性地往下耷拉着。再过若干年，我会蜷缩成一团，像你印象里的爷爷一样。至于你妈妈，她也会成为一个佝偻着腰的老妖婆的样子。

我们的眼睛会越来越浑浊，再也没有往日的神采；双手越来越粗糙，跟树皮一样；牙齿会一颗颗松懈掉落，嘴巴会变得干瘪；忘性会越来越大，刚说的事，转头就忘了；废话却越来越多，一件小事，要唠叨无数遍；更要命的是，我们的脾气会变得越来越古怪，一点点小事，就会让我们觉得惶恐无助，或者黯然神伤……

孩子，和你啰啰唆唆说这些，是想告诉你，就像我们头上越来越多的白发一样，衰老，将不可避免地降临到你的父母身上。而无论是白发，还是佝偻的腰、浑浊的眼、无力的腿脚，都与你无关，不是你造成的，它们只是岁月的果实，自然的规律。你不必为此自责，甚至不必为此难过。我尤其想说的是，千万不要因为看到了我们的白发,或者我们苍老的背影,或者我们生病的消息,而心生悲悯,才突然想起我们。那会让我们觉得,如果我们不是白发苍苍,或者生病住院,你差不多已经忘记了我们。

有一件事是与你有关的,也是你可以做到的,那就是经常回来看望我们,和我们说说话,陪你妈妈散散步。不需要任何理由和借口,就因为我们是你的父母,是你最亲的人,时刻在记挂你的人。

你在我身边，但我想你了

夜已经深了，妈妈坐在床沿上，叠衣服。女儿忽然穿着睡衣，呼呼地跑了进来，一下子扑进妈妈的怀里。

妈妈吃惊地摸摸女儿的头，乖女儿，是不是做噩梦了？

女儿摇摇头。

妈妈双手捧起女儿的小脸，那是怎么啦？

女儿娇嗔地说，没事，我……我就是想你了。

妈妈笑了，傻丫头，妈妈不是在家吗，就在你身边啊，想什么想？

女儿把头深深地埋进妈妈的怀里，我知道你在家里，但我就是想你了嘛。

妈妈紧紧地抱住女儿。

这是我的一位同事，在微信朋友圈里晒的故事。同事说，自从女儿出生以来，她就很少和女儿分开，可是，已经六岁多的女儿，还是会经常突然跑到她的身边，一把抱住她，对她说，想她了。自己明明就在女儿身边啊，女儿为什么还会想她呢？

有人点赞说，我知道你就在我身边，但我还是忍不住想你了。这个想念，是世界上最真诚、最朴素、最感人的想念。

其实，不独孩子，有时候，我们也会突然特别想念就在我们身边的某个人。那种想念，与距离无关。

父亲在世的时候，只从安徽老家来过杭州一次。那时候，他其实已经重病缠身，只是还没有检查出来。我们租的小房子，只有两个房间，父亲来了后，孩子就和我们暂时睡在一起，另一个房间让父亲住。

那天晚上，已经睡下的我，不知道为什么，躺在床上就是睡不着，脑海里浮现的，都是小时候的事情：父亲牵着我的手，第一次送我去邻村上学；我因为放鸭子，丢了5只鸭，父亲在水稻田里四处寻找的身影；有年春节，父亲骑着自行车带我去亲戚家拜年，坐在后座上的我，一只脚不小心卷进了后车轮，父亲赶紧停下来，手忙脚乱地将我的脚从车轮里拔出来，心疼地搓啊，搓啊……

自从上大学后，我和父亲的相聚，越来越少了，后来又从安徽来到杭州工作，就更难得回家了。他把这个唯一的儿子抚养大，培养成人，却难得见上一面。

我突然无比地想念他，而他，此刻就睡在隔壁另一个房间，他就在我身边。我终于忍不住，披衣起床，蹑手蹑脚地推开了另一个房间的门。我不确定他有没有熟睡，我不想打扰到他，只想悄悄看一眼他。我知道，如果不看他一眼，这一夜，我将无法入眠。

没想到，父亲披着上衣，斜靠在床头，他也没有睡着。见我进来，他轻声问，还没睡啊？

我点点头。我无法说出口，我只是想他了，我进来就是为了看他一眼。我说，我找个东西。我装作找东西的样子，在书架上翻了几下，随便找了一本书。

找到了？父亲问。

我点点头。

父亲想说什么的样子，又咽了回去。你明天还要上班，赶紧去睡吧。

我说，没关系，反正您也还没睡，我陪您坐坐。

我坐在了父亲的床头。

我们像以往一样，只是那么安静地坐着，偶尔说几句无关紧要的话。我遗传了父亲木讷的性格，我们爷俩在一起的时候，能说的话并不多。

父亲倚靠在床头，我坐在他的身边。我们就那么坐着。五分钟，也许八分钟，也许更长一点时间。我只是偶尔看他一眼。有时，和他的目光撞在一起。

那是父亲唯一一次来杭州，来我在杭州的家。

在父亲去世多年之后，我仍然会时时自责，为什么那晚我不告诉他，我并不是要找什么东西，我只是想他了，我就是想过来看他一眼。我没有说，我说不出口。

我从来没有对父亲说过，我想他了。没有。无论是当面，还是电话里，我都无法开口说想他。就像他也从没有说过，他想我了。而我是真的经常想他，特别是那一晚，他就在我身边，但我突然特别地想他，无法遏止。

现在，我只剩下思念。除了照片，我再也见不到他了。

如果他能听见，我一定要对着他的照片，告诉他："爸，我想你了！"

生活即作文

朋友的孩子,在浙江省中学生暑假作文比赛中获得了一等奖。这大大出乎我们的意料,因为这孩子从小就不喜欢语文,尤其不喜欢写作文,他的作文水平,怎么提高得这么快?

几个同为孩子作文差而苦恼的家长,找到了这位朋友,道贺并取经。

朋友明白了大家的来意,拿出了厚厚一摞孩子这几年的作文本,让我们看。朋友告诉我们,自从上初中后,儿子的语文成绩,特别是作文水平,稳步提高,这得益于他的语文老师,也是班主任的张老师。不独朋友的孩子,张老师的学生,作文都普遍写得好。朋友说,秘诀就在这些作文本里。

我顺手打开一本,是孩子初一的作文本。翻开,第一篇作文的标题,就吓了我一跳:《我为什么和王伟同学打架?》这哪里是作文啊,分明是一篇检讨书嘛。朋友笑笑说,没错,是检讨书,但也是作文,你可以仔细看看。我好奇地读下去。开头的字迹,有点潦草，隐约可见孩子当时的情绪，还没有完全平息下来，他写道："从我见到王伟的第一天起，我就预感到，要不了多久，我就非和他打一架不可，因为他太傲了！"别说，写得还挺引人入胜。往下读下去。原来这个王伟同学，小学时成绩就非常好，整个小学阶段，全是班长，所以，一开学，他就以班长自居，这引起了包括朋友孩子在内的一帮同学的不满。作文里还比较详细地记述了他和王伟打架的经过。后面的字迹，越来越秀气、干净，看得出，孩子写着写着，情绪慢慢平静下来。但这也算是作文吗？更让我诧异的，是文后的红笔批语："文章有真情实感，条理清晰，对自己的剖析也很到位，但是，对打架过程的描写，还缺少细节，显得不够生动。加油哦。"

我问朋友，这批语是谁写的？朋友笑着说，当然是班主任张老师啊。这是孩子进初中后，写的第一篇作文。那次孩子和同学王伟打架后，张老师没有批评他们，也没有叫家长，而是让他们俩各写一篇作文，记述打架的经过，并进行反省。以前儿子写作文，三言两语，就没词了，那一次，洋洋洒洒写了1000多字，还意犹未尽，而且，作文还得到了老师的肯定，这是孩子完全没有想到的。

朋友示意我继续看下去。往下翻，看到一篇作文，标题只有一个字《疼》。朋友解释说，这篇作文是孩子一次生病，肚子疼，到医院看病的经过。这是作为请假条而写的。请假条？我不解地看着朋友。朋友说，是的，请假条。张老师对学生们说过，家中有事，或者自己生病不舒服什么的，都可以请假，而且不需要写请假条，只要打声招呼,并在事后补写一篇作文,记述自己生病的感受,看病的过程,或者事情的来龙去脉,就可以了。听朋友这么一解释,我也忍不住乐了,还有这样的好事啊。记得我们做学生时,要想向老师请假,必须搜肠刮肚找个适宜的请假理由,没想到做张老师的学生,只要交一篇作文就可以了。在这篇《疼》里,孩子的一句话,让我既心疼,又好笑。他说自己在坐公交车去医院的路上,因为肚子疼,佝偻着腰,像一个苦巴巴的小老头,他还描写那个疼,像是肠子在肚子里打了结。他写道,那一刻,真是恨不得扒开自己的肚皮,像解开绳子一样,解开那个结,就舒服了。老师用红笔在这一段打了着重线,并在一侧写下评语:很同情你,也很钦佩你的幽默感哦。

一个作文本翻下来,除了几篇我们常见的命题作文外,大多是类似的即兴作文——有一篇写的是迟到的原因和经过,对路上堵车时的急迫心情,描绘得有声有色;有一篇写的是为什么上课走神,因为自己被窗外突然飞过的一只鸟吸引了,后面是一大段想象的文字,像长了翅膀一样;一篇写的是自己和一个女同学的矛盾,两个人的对白,以及女同学的神情描述,活灵活现……

另外几个作文本,也大致如此。朋友告诉我们,儿子读初中这三年,作文写了十几本,除了常规的课堂作文外,大量的作文都是由此而生:因为和同学打架,写过4篇作文;因为迟到或早退,写过7篇作文;因为有事请假,写过3篇作文;因为不遵守课堂纪律,写过6篇作文;因为吃零食,写过5篇作文……这些作文,不少是作为惩罚性的，唯一的要求是，每一篇都必须写得真实生动，与众不同，内容和感受都不得重复，而因为都是亲身经历，所以，孩子也有话可写。在每一篇这样的作文后面，张老师都会对作文进行点评，对孩子的行为进行点化。朋友感叹说，润物细无声，没想到几年下来，孩子不但喜爱上了作文，作文写得越来越好，而且，所犯的错误，也逐渐减少，以至于到初三之后，基本上就没再犯过什么错，自然也没再被惩罚写作文。而孩子自己，却给自己下了任务，养成了每天写日记的习惯。

对这位未曾谋面的张老师，心生崇敬，他教会孩子的，不仅是写作文、爱作文，而是生活的积累，是对人生的积极思索啊。

我们都有两个孩子

一个患有重度残疾的孩子,去世了。因照料这个孩子,母亲多年来可谓心力交瘁,身心俱疲,孩子的离世,对这位母亲来说,既是悲痛的,但可能又是某种解脱。在孩子的葬礼上,难掩悲恸的母亲说,我在这里祈祷宽恕,我失去了两个孩子,一个是我想要的孩子,一个是我所爱着的儿子。母亲的话,令在场的每一个人动容。

一个是想要的孩子,健康、礼貌、聪慧、快乐,集结了所有人子的优点,这个孩子,一直活在这位母亲的脑海里,是虚构的,是一个梦想;而另一个孩子,曾经是活生生的,因为重疾,生活不能自理,长期卧床导致性情怪异,脾气暴躁,母亲的照料稍有不周,就大发雷霆,甚至常常自虐或自残,令母亲心痛、心伤。这个孩子一点也不完美,在很多人看来,还是渐渐年迈的母亲的拖累。但是,他却是母亲所爱的,时刻牵挂在心头的孩子,他是母亲的全部寄托。

和这位母亲一样,事实上,我们也都有两个孩子。一个孩子是活生生的，是你的儿子或女儿，你含辛茹苦把他（她）拉扯大，他（她）是你的独生子（女），每天伴你左右，让你欢喜，怜爱，心疼，但也时而让你哀愁、张狂、发怒，甚至绝望。在你的脑海里，也一定住着你的另一个孩子，那个孩子听话、上进、漂亮，一切都如你所愿，称你心意。

常常看到这样一幕，生气的父亲或者母亲，指着自己的孩子怒不可遏地斥责，你怎么这么不听话，一点也不让我省心！你看看某某，人家多听话，多乖巧，多懂事。你所说的某某，也许是邻居或同事的孩子，或者是孩子的同学，看起来你是拿自己的孩子在与别人的孩子比较，事实上，那个别人的孩子，就是住在你脑海里的孩子，是你理想中的孩子，是你常常拿来与自己孩子比较的一个参照物。

现实中的孩子，总是不完美的，总有这样那样的缺点和不足，这些缺点和不足，往往被放大，成为很多为人父母者心中的隐痛。作为父母，我们当然有理由期望自己的孩子，优点更多一点，缺点更少一点；长处更多一点，短处更少一点；更可爱一点，少顽皮一点；更优秀一点，少颓废一点。但是，理想很美满，现实很骨感，孩子不可能完全按照我们的意愿成长，总会暴露出各种不足和缺憾，于是，我们便自觉不自觉地在自己的脑海里，又养育了一个孩子，那个孩子就像一个天使，完美无缺。

我一直有一个困惑，如果拿一个完美的天使来替换我们的孩子，你会答应吗？

我有一位亲戚，孩子生下来不久就被诊断为脑瘫，几乎所有的人都劝他们，放弃这个孩子，不然会受累一辈子。他们夫妻俩，真是为这个孩子受累了大半辈子，为了救治、照顾这个孩子，夫妻俩倾家荡产，耗尽心血，所有的生活轴心就是围着这个瘫痪在床的孩子，永远没有假期，没有出头之日。孩子一天天长大了，却连一声爸爸妈妈都不会喊，只会在开心时冲他们傻笑。在孩子长到十几岁时，好心人又劝他们，再生一个孩子，老了有个依靠，也能帮帮这个孩子。他们没有再生孩子，理由很朴素，他们害怕有了一个健康的孩子之后，会不可避免地减少对这个孩子的关心、照顾和爱。他们舍不得。如今，这个孩子已经30多岁了，我的亲戚也快老了，但他们一点也不后悔，他们觉得，这个孩子就是上天送给他们的礼物，孩子的一个傻笑，就能冲抵他们所有的辛劳和酸楚。

我不知道在他们的脑海中，是不是也住着另一个孩子。如果有的话，那个孩子一定是健康的，能像别的孩子一样奔跑，背着书包去上学，回家的时候喊他们一声爸爸妈妈。只需要是健康的，他就是天使了。但他们已用这么多年的坚守告诉我，即使是一个健康的天使，他们也绝不愿意换走自己的孩子。

这就是我要寻找的答案，无论你的脑海中住着一个多么优秀、多么乖巧、多么完美的孩子，那都远不如你现在所拥有的孩子可亲可爱，因为他（她）一直住在你的心里，你随时可以和他（她）互相拥抱。

想起美国知名作家安德鲁·所罗门的一段精彩演讲，"爱，本无条件"。没错,爱是不需要任何理由和条件的,我们不是因为孩子有多优秀能干,才去爱他;也不是因为孩子有多听话乖巧,才去爱他;甚至也不是因为孩子身上寄予了我们的希望,才去爱他。我们爱他(她),仅仅因为他(她)是我们的孩子,是永远无法割舍的血脉亲情,是一家人的团聚。

当然,我们可能永远也无法杜绝脑海中住着的另一个孩子的身影,因为这一点,我们总会努力使自己爱着的这个孩子,与想要的那个孩子更像一点,更接近一点。因此,我也想对我们的孩子说一句,请理解父母的苦心,我们只是希望你能再美好一点点,这又有什么不好呢?

最害怕妈妈突然对我好

新学期,她给孩子们布置了第一篇作文,最难忘的时刻。

她是一名支教老师,在这个偏远山区,方圆几十里,只有这一所学校,学生大多是留守孩子,他们的父母,大部分都远赴外地打工,难得回来一次,这也成了很多孩子与父母一年中难得相聚的机会。春节刚过,孩子们刚刚与久别的父母重聚,她希望孩子们用手中的笔记录下这一温暖的时刻。

作文交上来了,她认真地批阅。不出所料,几乎所有的孩子,写的都是春节期间与从外地打工赶回来的父母相聚的那一刻。

一个孩子,写了妈妈带回来的好吃的,那是他吃过的最美味的东西了,他感觉那一刻,自己好快乐。

一个女孩子写的是,爸爸给她新买的书包,当爸爸帮她将新书包背好的那一刻,她觉得自己好幸福。

一个男孩子写道,他已经两年多没有见到爸爸了,爸爸刚走进家门的时候,他都一下子没有认出来,爸爸突然一把将他抱了起来。那一刻,他感觉有点陌生,但是,很温暖,真的很温暖……

那一刻,都温暖,难忘。

她的目光,久久地停在了一个女孩子的作文本上。

女孩子写道,以前,是爸爸一个人出去打工,后来,妈妈也出去了,留下我和弟弟,跟着年迈的爷爷一起生活。每年,他们都只在春节的时候才能回来,年一过完,他们就又出去打工了。今年,直到年初二,他们才回到家,因为他们没买到年前的火车票。

这一次,因为没赶回来吃年夜饭,爸爸妈妈答应我和弟弟,会在家里多待几天,这可把我俩乐坏了。

爸爸妈妈回来之后,很忙,除了走亲戚外,他们还要将庄稼地重新翻整一遍,这样,年迈的爷爷春耕的时候才好播种。虽然爸爸妈妈回来之后,忙得根本没时间陪伴我们,甚至顾不上我们,但我仍然觉得很满足,很幸福。

一天,妈妈没有下地干活,而是一整天都陪着我和弟弟,给我们做饭,烧了好几个好吃的菜,帮我们把所有的衣服都洗干净叠整齐了,爸爸还检查了我和弟弟的作业……总之,那一天,妈妈和爸爸对我们姐弟俩特别好,特别温柔。

读到这儿,她以为女孩子接下来会写,那就是她最幸福的时刻。可是,没有。女孩子写的是:那一刻,我哭了。我知道,爸爸妈妈明天肯定又要离开家,出去打工了。

女孩子在作文结尾这样写道,我最难忘的时刻,也是最难过的时刻是,妈妈突然对我特别好,因为,那意味着,他们第二天,又要离开家了，又要一年之后，才能回来了。

在这行文字下面，她依稀看到几滴泪水的痕迹。

她也流泪了。

她已经支教三年了。在城里，她有一个温暖的家，有一个调皮可爱的儿子。每次离开城里的家之前，她也恋恋不舍，她觉得自己亏欠这个家太多，尤其是对儿子。所以，每次离开家之前的那一天，一向粗线条的她，也都会对儿子特别温柔，特别细致，特别耐心，恨不得把对他所有的爱和牵挂都留下来。也许，儿子也特别害怕自己突然对他那么好吧？

她突然无比想家。她给老公打了个电话。夜已深，儿子已经睡着了，她让老公将手机放在儿子的面前，她听到了细微的鼾声。那一刻，她泪流满面。

第五辑

你未必认识自己

看不懂

中考之后的那个暑假,带儿子去俄罗斯旅游,在圣彼得堡的马林斯基剧院我们观看了经典的芭蕾舞剧《天鹅湖》。

入场,坐定。儿子左右看看,忽然轻声说:"爸,我可能看不懂。"

那是儿子第一次看芭蕾舞。我自己对芭蕾舞也所知甚少,看过的芭蕾舞剧更是屈指可数,不过,在出国之前,我就做足了攻略,恶补了一些芭蕾舞知识,对《天鹅湖》的剧情也进行了详细了解,自忖应该能够基本看懂它了。而我之所以做这些准备,还有一个很重要的原因,那就是应付儿子。在儿子成长的过程中,我努力让自己的知识储备跟得上他,在儿子问你为什么的时候,不露怯,至少,不要一问三不知。我承认,也有很多时候,在儿子连珠炮般的问题面前,我会被问得愣怔,一脸茫然,最后,只好不懂装懂,胡乱应付,好在儿子年幼,很容易打马虎眼。

但这一次,我是有备而来的。我自信地对儿子说:"没事,看不懂的地方，我给你解说。"每次说出这句话时，我都有一股说不出的身为父亲的自豪感。同样，每一次当我这样告诉儿子之后，他都会信任地，也一脸崇拜地看着我，放心地点点头。

我等待他再次信任地、一脸崇拜地看着我，然后，放心地点点头。

儿子看着我，却摇了摇头，说："爸，我可能看不懂，但是，你不要像以往看电影那样，一边看，一边跟我讲，好吗？"

儿子小时候，我经常带他看电影，碰到他看不懂的情节，我就会一边看，一边低声向他讲解。因此，他一向对我很信任，也很依赖，甚至有一点点崇拜。今天这是怎么啦？我环顾了一下四周，除了我们之外，满座的观众基本都是正装的俄罗斯人，正襟危坐地、安静地等待着开演。我恍然明白了，对儿子说："你放心，我会很小声，不会影响到别人。"

儿子却坚决地再次摇摇头。我还想说服他，剧院的灯光忽然暗了下来，大幕徐徐拉开，演出开始了。

湖畔，采花的奥杰塔公主，被凶恶的魔王罗斯巴特施以恶毒的咒语，变成了天鹅。只有在晚上，她才能变回人形。而要破除这个邪恶的魔法，只能靠坚贞的爱情。舞者通过翩翩舞姿叙说着这个悲情的故事。

我想向身边的儿子，解释这段舞蹈所代表的含义。见儿子神情专注地看着舞台，我忍住了。

最经典的四小天鹅舞一幕，在欢快活泼的音乐节奏中，四只小天鹅演绎着湖畔轻松、快乐、惬意的嬉戏场景。我想告诉儿子，这四只小天鹅，都是像奥杰塔公主一样，因被恶魔诅咒过而变成了天鹅的小公主们。儿子见我想说话，将食指竖到嘴边，做了一个不要出声的动作。我将到了嘴边的话，又咽了回去。

两个半小时的演出，我没有跟儿子讲解一句，而儿子，自始至终，也没有问过我一个问题。

从剧院走出来，我问儿子："看懂了吗？"

儿子摇摇头："不太懂。但是，我听出来了，音乐很美。我也看到了，芭蕾舞演员们的舞姿很美。而且，我还想象并感受到了王子和公主爱情的美好。"

儿子的话，让我惊讶不已。这个懵懂的少年，第一次完全靠自己感受了一次艺术的熏陶。很显然，他还不能解读、欣赏每一个舞姿、动作、细节和音乐的意义，对整个剧情也不甚了了，甚至都没能看懂一个完整的故事，但是，他用自己的想象，凭自己的感受和本能的愿望，将它们补充完整。

他不懂，或者还不是很懂，有什么关系呢？今天，他眼中的天鹅湖，就是一个少年版的《天鹅湖》，一个懵懂而凄美的少年派爱情故事，就像他刚刚起步的青春故事一样。我相信，若干年后，如果他再看《天鹅湖》，他一定会有更深的理解和感悟。

而就算我们长大了，见过了更多的世面，经受了更多的历练，我们也未必能将这世界、将我们的人生完全看懂、看透。也许，看不懂的地方，用我们的想象去填充、弥补、修正，艺术才更具魅力，生活才更加绚烂，人生才更趋完美吧。

人心是有眼儿的

我们都喜欢与实心实意的人交往,不过,人心并不总是实的,也不是密不透风的,事实上,它是有眼儿的。

它叫"心眼儿"。

心眼儿有大有小。心眼儿大的人,胸怀大,格局大,肚量大,能容天下难容之事,什么苦都能吃,什么委屈都能受,什么难都能忍,什么坎都能过,仿佛普天之下,就没有它不能包容的,也没有什么是不能穿它而过的。心眼儿小的人,就像细密的筛子,眼儿太小,能过的东西就不多。这个不能过,那个又放不下,结果必然是,把自己的心眼儿都堵死了,以至于不能呼吸,沉闷而无趣。

心眼儿也有好坏之分。好心眼儿,就像春天的枝头,止不住地散发着鲜花的芬芳,给人帮助,让人开心,送人温暖。在人群之中,好心眼儿的人总是居多的,他们互释善意,你帮我,我助你,使人生向好。当然,好心眼儿也不是总办成好事,有的时候,也很可能好心眼儿偏偏办了坏事,帮了倒忙,添了乱子,但别的心眼儿，都会原谅它。坏心眼儿不一样，坏心眼儿犹如灯下的黑，又如黑中的蚊子，总是偷袭你，恶毒地咬你一口，不但吸你的血，还要把病毒传染给你。人们之所以特别憎恨坏心眼儿，就是因为它像个瘟神，从它的眼儿里冒出来的都是糜烂的毒气，防不胜防，而且对世道人心具有极强的杀伤力。

人心人心，人皆有心，有心就有心眼儿。但心眼儿这东西吧，奇妙得很，也古怪得很，让人难以捉摸。想多了，容易变成小心眼儿。那就少想点吧。少想也不成，想少了，容易给人感觉是个没心没肺，没心眼儿的人。一直想吧，不停地想，又一不留神就成了死心眼儿。那干脆就不想了吧，似乎更危险，因为，你很可能成为一个不幸的缺心眼儿的人。

一个人心眼儿太多，什么事都要像嚼口香糖一样，颠来倒去地去嚼一嚼，想一想，是很可怕的。《红楼梦》里的王熙凤，心眼儿就贼多，人送外号"一万个心眼"。一个人有一万个心眼儿，眼睛眨一眨，就是一个鬼点子，你怎么能斗过他，又怎么敢相信他？与这样的人交往，你就不得不多一个心眼儿，不是让你弄出一万零一个心眼儿，那会让你自己抓狂。只要多出一个心眼儿就够了，这个心眼儿，是专门留来提防、对付他那一万个心眼的。

一个人喜欢另一个人，如果是打心眼儿里的，这个爱，就是无条件的，可靠的，能够天长地久的。这种情感，就像泉水从泉眼里汩汩地冒出来一样，永不枯竭。一个人若与另一个人玩起了心眼儿，就是一个十分危险的信号，心眼儿不用玩几次，感情就会亮红灯,所有的甜言蜜语山盟海誓,很快都如过眼云烟。

心就是个口袋,东西装得少的时候,轻灵,透气,旷达,它叫心灵;心灵所承载之物多了,就需要一个或若干个心眼儿,通通气,透透气,使心能自由地呼吸,它叫心眼儿;心眼儿太多了,弯弯绕太多了,总是在算计,它叫心计;一颗心算计了这个,又算计那个,算计了今天,又算计明天,算计来算计去,它叫心机。到了这一步,一颗心,差不多就算死了。

我希望自己的心,就像一只笛子,它的所有的眼儿,都是为了飞出婉转动听的音符。我希望我的心眼儿,也总是婉转动听。

模仿的一生

朋友拿来两节小竹枝，问我们有什么区别。

就是两小节竹枝，长短差不多，粗细差不多，色泽差不多，形状也差不多。看来看去，没啥不同。

朋友拿起一节竹枝，说，这是一节竹枝。我们笑了，这不废话吗？又拿起另一节竹枝，说，这是一只昆虫，竹节虫。

竹节虫？怎么可能，它不就是一节竹枝吗？

朋友将它放回地面。我们围住它，盯着它看。如果它真是一只竹节虫的话，它一定趁机撒腿逃走，或者振翅飞掉。但是，它没有。它一动不动，就像与它并排放在一起的另一节竹枝一样。

几分钟后，有人忽然一声惊呼，它不见了！而另一节竹枝，还安稳地躺在地上。会不会是被风吹走了？朋友笑着说，如果是被风吹走了，另一节竹枝为什么还安在呢？事实上，它是竹节虫，长着腿或者翅膀，它逃回不远处的竹林了。

一只竹节虫，在我们的眼皮底下，上演了一出精彩的隐身计和逃生计。

在生物界,有一种能耐叫"拟态",就是模仿环境或别的生物,以从中获得生存的机会,或捞点别的什么好处。而竹节虫,可谓拟态的顶尖高手。

一只竹节虫,它的一生,都是在模仿中度过的。

处于生物链底端的竹节虫,天敌实在太多,鸟、蜂、蜘蛛、蜥蜴,甚至蚂蚁,都是它的天敌。对它来说,丛林之中,几乎都是夺命杀手。而它又没有任何力量与之抗衡,想要活下去,就只能靠一身模仿的好本事了。

在竹节虫还只是一只卵的时候,它就必须靠模仿来获取生存下去的机会。大多数别的虫卵,都是圆润的,甚而是水灵的,充满生机和活力。竹节虫的虫卵不一样,它不敢有光鲜的外表,这会令它在孵化成虫之前,就成为天敌们的开胃小菜。为了迷惑敌人,它的妈妈就不得不使之不像一只卵,倒更像一粒灌木的种子,混在落叶和别的真灌木种子之间,以逃避天敌的吞噬。

在幸运地孵化成一只竹节虫后,它的一生只有3至6个月的时间。而在这短暂的一生中,它必须时刻模仿。如果它是在一片竹叶上,它就必须把自己伪装成竹叶的样子,有一片竹叶应具有的中脉和支脉,还有叶柄和纹路,总之与它身边众多的别的竹叶丝毫不差;如果是在竹节上,那更是它的拿手好戏,把自己弄成一个竹节的样子,它从不浪得虚名。而从一片竹叶转移到另一片竹叶,对一只竹节虫来说,则是一次危险之旅,很可能在半路上就被天敌发现而一命呜呼,因而,在爬过竹枝的时候,它就又必须赶紧将自己模仿成竹枝的模样。好在每一只竹节虫,天生都有一身过硬的模仿本领,无论是形状还是颜色,它都能模仿得天衣无缝,惟妙惟肖。

但这样的模仿,对一只竹节虫高手来说,还只是小儿科。生活在热带雨林中的一种竹节虫,还能够模仿出一只被啃噬过的竹叶的样子:它先将全身模仿成一片竹叶,然后,伸出其中的一只脚,将其伪装成被某个昆虫啃食过的残缺不全的小叶片,而在"缺口"处,它还会"装"上几个"小虫洞",使之更逼真。模仿若此,谁虫能及?

当然,再高级的模仿,终究是模仿,难免有露出真容,或被火眼金睛识破的时刻,对一只竹节虫来说,那也是性命攸关之时。不过,竹节虫还有最后一招:装死。直挺,僵硬,任尔摆弄,就像我的朋友拿来的那个小竹枝一样。装死的代价往往是,从真竹叶上随风飘落下来,摔断了一条或几条腿。我不知道竹节虫有没有痛感,如果有的话,它必是忍痛的能手,能忍常虫不能忍。所幸,只要能逃过此劫,不久之后它还会长出新腿来。竹节虫的腿,除了拿来走路和爬行,还用来作为保命的代价。

竹节虫模仿的一生,让我想起一句广告词:"一直被模仿,从未被超越。"用在一只竹节虫身上,也许应该是这样的:"一生在模仿,从未被发现。"因为,一旦被天敌发现,大多数时候,一只竹节虫模仿的一生,就算到头了。

模仿了一辈子,竹节虫会不会为此悲哀呢?我不知道,但我知道,一个人,是断然不能靠模仿来混一生的。

微笑是最好的通行证

我和妻子的俄罗斯之旅,可以说是一次小小的"冒险",因为我们俩都不懂俄语,几十年前学的那点儿英语,也早忘得差不多了,而且据说大多数的俄罗斯人英语也不咋样。跟团的话,有导游,什么问题都可以搞定,但我们俩选择的是自由行,一路上,因为语言不通,备受考验。

最大的难题是问路。在异国他乡,语言不通,可怎么向别人问路呢?

出发之前,我们就考虑到了这一点,事先在手机上下载了一个翻译软件,以备不时之需。但试了几次,发现效果不佳,因为翻译软件常常并不能准确地把你的意思表达出来,甚而南辕北辙,闹出笑话。因而,大多数的时候,我们还是通过最土的办法——肌体语言,来与人交流,没想到,这一招还挺管用。

每到一个城市,我们就先想办法弄一张当地的地图。莫斯科和圣彼得堡的地铁图,出国之前我们就从网站上下载打印好了,又从酒店拿到了所到城市的市区地图，剩下来的事情就好办了，按图索"问"。

莫斯科的地铁四通八达，几乎所有的景点都可以坐地铁抵达，是我们在莫斯科期间，乘坐最多的交通工具，但已有百年历史的莫斯科地铁，很多老线路站牌标注的全是俄文，报站也都是只用俄文，在莫斯科坐地铁，外国游客很容易犯的两个毛病，一个是方向坐反了，一个是下错了站。每次坐地铁，我们就先拿着地铁图，指着我们要去的地铁站，微笑地向俄罗斯人问路。友善的俄罗斯人都会告诉我们，该在哪个方向的站台上车，或者到站的时候提醒一下我们。我们来来回回坐了十几趟地铁，竟然没有一次坐反，或者坐过了站。

除了按图索"问"，还有一个笨办法也很管用，那就是直截了当地蹦"单词"。在摩尔曼斯克，我们想去参观著名的阿廖沙雕塑，网上有攻略说，可以坐公交车直达，但是，具体坐哪路车，攻略却没有说。怎么办？我们找到一个公交站，微笑地向一个也在候车的俄罗斯中年人打招呼，"hello！"中年人耸耸肩，意思是他不懂英语。我指指公交站牌，直接用中文说出"阿廖沙"，中年人明白了，走到站牌下，用手指点着上面的"10"。10路车来了，我们上了车，还是直接用中文说"阿廖沙"。售票员是位俄罗斯大妈，大妈也立即明白了，点点头，车到某站，俄罗斯大妈示意我们下车，不远处的阿廖沙塑像巍然屹立。

因为语言不通，在餐馆吃饭，点餐也是个难题，闹出不少笑话。有些餐馆的食谱，配以图片，有图有真相，想吃什么点什么，不难。难的是不少餐馆的食谱一张图片也没有，全是密密麻麻的俄文。怎么点？一次，在莫斯科音乐学院门外的一家餐馆，我指指邻桌客人正在吃的看起来很馋人的比萨，服务生微笑地点点头，明白了我的意思。剩下来的，只能乱点了，我指着食谱的某一行，这个。服务生点点头。又指一行，这个。服务生又点点头。再指一行，这个。服务生一脸迷惑地看着我。我再次用手指点点那一行。服务生耸耸肩。一会儿，食物上来了。我们顿时傻眼了，原来又点了一份一模一样的比萨，难怪服务生会一脸迷惑。好在味道不错，那就撑着吃呗。

还有一次，是在摩尔曼斯克的麦当劳店。据说，这是全球最北的一家麦当劳店，我们就是冲着这一点来体验一下的。点餐没有问题，指着图片，两份汉堡，一杯牛奶，一杯可乐，一包薯条。但服务生却指着薯条图案，叽里呱啦用俄文说着什么。见我一脸茫然，服务生伸出两个食指，用手势比画了三个长度。哦，我明白了，这是问我要小包、中包还是大包。其实，管它大小，你随便给我一包不就得了？没办法，我只好再比画回去。伸出双手，也比画了三个长度，然后，往中间一夹。我的意思是中包。也不知道服务生是因为终于搞懂了我的意思，还是被我的手势逗的，竟然乐不可支，连连"ok"。我也笑了，ok 就好啊。

在俄罗斯旅行了 15 天，跑了四个城市，还跑到北极圈去看了北极光，我们这两个对俄文一窍不通的中年人，竟然一路畅通，简直堪称小小的"奇迹"。不是我们有多能干,而是我们得到了一次次的理解和帮助。去国外自由行,对不懂外语的人来说,语言不通无疑是很大的障碍,但并非不可克服,因为我们还有笑容。而善意总能获取善意的回报,微笑是这个世界上最好的通行证。

心动那一瞬间

在我们的一生中，最重大，影响最深远，也是最难决定的一件事情，就是选择我们的另一半，决定与谁过一辈子。这一生，是幸福或不幸，是精彩或平淡，是热烈或落寞，都可能与这个决定有关，可以想见，这是多么重要的一刻。但很多人在做出这个决定的那一刻，却不一定是深思熟虑的结果，而可能是在某一瞬间，就毅然决然地做出了影响自己一生的决定。

在一家社交网站看到了一个热门帖子，已婚者纷纷描述他们当初是在什么时刻，认定了他（她）就是自己的终身伴侣的。

他和她是朋友，热恋一段时间后，他们搬到了一起。在整理行李箱的时候，他惊讶地发现，他喜欢的小说，她都有；而她爱看的小说，他竟然也都有。也就是说，俩人喜爱的小说，是一模一样的。他们各自爱看的和收藏的小说，就都由一本变成了两本。当时，他就对自己说："对，她就是我的另一半了。"现在，两个人已经结婚多年，他买回来的书，她也都会津津有味地看一遍。一直是这样。

　　他和她相恋多年，但一直谁也没有提出结婚这个茬。她有一辆爱车，平时都由他看管。一天，她的车在停车场被别人撞了。他打电话告诉了她。得知自己的爱车被撞了，她问的第一个问题，不是爱车损坏得怎么样了，而是急切地询问，他有没有受伤？那一刻，他暗自做出了一个重要的决定，向她求婚，他绝不能错过了她。

　　那时候，她和他还只是一般的朋友。有一次，两个人一起去超市购物出来后，天忽然下起了大雨，因为没带雨具，他们在门口准备等雨停了，再去开车。看着眼前的雨幕，她突发奇想，如果在倾盆大雨中跑几步，应该挺有趣的。于是，她转身面对他，准备问他愿不愿意一起冒雨跑到车边去。结果，在她开口之前，他抢先问她想不想一起在雨中奔跑。就这样，两个人淋着大雨，跑向停车场，短短的几十米，两个人淋成了落汤鸡。两个人跑进车里，相视大笑。他帮她擦干了脸上的雨水，她也帮他擦干了湿头发。也就是在那一瞬间，她决定，要和他厮守一生。

　　他和她刚刚认识不久，在一次朋友的家庭聚会上，他们再次碰面。朋友们围坐在沙发边闲聊时，她忽然拿出一把吉他，要为他弹唱一曲。朋友们都知道，她是个很腼腆的人，特别惧怕上台表演。那天，她却抱着吉他，为刚刚认识不久的他唱了一首歌。那一刻，他知道，她就是他要寻找的那个人，对，她就是他的另一半。如今，他们已经结婚6年多了，他们的儿子的名字，就是那首歌名。他说，她性格内向，胆小，但我会陪伴她一辈子，共同面对任何恐惧。

我看了所有的故事,没有一个人在做出这么重大的人生选择时,是因为经历了什么惊天动地的事情,或刻骨铭心的时刻,而都是在极细微的一瞬间,骤然心动。事实上,生活本身就是一件普通而琐碎的事情。但这个决定,又绝非草率而为,认真地回味一下,你会发现,这些细微的瞬间,拥有着幸福夫妻的许多共同特质:无条件的给予,兴趣一致,永远的童真,快乐的本性……

那一刻,我为你怦然心动,郑重决定陪伴你一辈子,就这么简单。没错,爱,本来就是这个世界上最简单的一件事情。

身体里的"开关"

我有个朋友,睡眠特别好。他对身边的妻子说,我睡了啊。说完这句话,不出 30 秒,就会传来鼾声。不是装的,是真的入睡了,真的睡着了。他就有这个能耐,他说"我睡了",就像扭了一下大脑里某个控制睡眠的开关,"啪"一声关了,就什么也不思,什么也不想,睡着了。

如果我们身体里真有可以控制的开关的话,我首先希望自己也拥有这样一只可以控制睡眠的开关,想睡觉的时候,就拧一下开关,说睡就睡,不管何时何地,也无论身边是多么嘈杂,诸事多么烦心,天会不会塌下来。

看到央视的一档健康节目,惊讶地发现,我们每个人的体内还真有一些这样的小开关,控制着我们的身体。

比如打嗝。打嗝这件事,因其突发,不分时间,不分场合,所以,经常弄得人挺尴尬。花前月下,卿卿我我之时,忽然打起嗝来,就很无趣,很扫兴;或者高朋满座,正欲高谈阔论,却突然一

"嗝"惊天地,多么尴尬,多么丢份。而且,这嗝一旦打起来,犹如机关枪,或如连环炮,一波接一波,一浪接一浪,你越是想控制它,它就越打得响,嗝得欢,无休无止矣。

民间有很多办法,对付打嗝。喝水是最常用的一招,连续地不歇气地"咕咚咕咚"地灌,灌下去的水,与涌上来的"嗝气",在喉咙相遇,水仗着力大势急,硬是将嗝气压下去。很多人试过此法,有效,但容易呛着,或者噎着,而最要命的是,你以为将它彻底打压下去了,却突然爆出更猛烈的一声"嗝",让你在猝不及防之下,形象全损,体面尽失。

还有一个对付打嗝的歪招,就是趁打嗝者不注意,发动偷袭,从背后猛拍一巴掌,或者附其耳旁,突然一声断喝,令其打到半途之上的"嗝气",吓得魂飞魄散。这招管用吗?据说蛮管用,唯一的副作用是,打嗝者的心智受到惊吓摧残,需要半个时辰才能缓过神来。

其实,只要拧一下我们体内的某个开关,就可以止嗝了。这个开关,就是我们后背上的膈俞穴。这个穴位于背部第七胸椎棘突下,正中线旁开1.5寸处,当打嗝难止时,用手刮擦、按揉,即可止嗝。我们的胳膊肘绕到后背有点难,这时候我们需要借助别人的手,替我们拧一下这个开关。

经常在一些影视剧里看到,一个人身陷昏迷时,旁边的人赶忙替他掐人中。掐一下,再掐一下,噫,刚刚还人事不知的人,苏醒了,活过来了。这真是一件相当神奇的事情,难道人中就是我们人体内的生命开关吗？掐掐，再掐掐，生命就复活了。

我曾经在街头看到两个人吵架，一个人吵着吵着，忽然瘫倒在地，做垂死状。另一人却不闻不问，继续骂骂咧咧，而旁边看热闹的人，竟然也无人施救。这时候，我看见了奇迹：那个瘫在地上的人，见无人施援，干脆自己用手掐自己的人中，掐，再掐，狠狠地掐，瞬间又活过来了。然后，从地上爬起来，接着吵。能自己控制自己的生命开关，真好。

最佩服的是演员，他们至少比我们普通人多一个开关，就是控制眼泪的开关，他不知道在哪里拧了一下，泪水就哗哗而出了。直到我在法庭之上看见一个骄横跋扈的大贪官，说着说着忽然捶胸顿足，涕泗横流，我恍然明白，这个世界上有比演员更好的演员，他们体内有更多的开关，说开就开，说关就关。

如果我的体内也有一些开关的话，我希望能把其中的一只完全打开，将所有的快乐都释放出来。

飞翔的心

公交车像蜗牛一样慢慢向前爬行着，车厢内焦躁的情绪渐起。也难怪，坐这个早班车的，不是赶着上班的，就是赶着上学的，要不就是赶火车的，眼瞅着时间一分一秒地溜走，车还没驶到半截路，谁不急啊？

一个女人的声音：师傅，你能不能开快点啊？我快迟到了哇！这个月我已经迟到五次了！

司机扭头，叹口气，不是我不想快，你看看前面，路全都堵牢了，怎么快啊？

一个站在前面的男人突然怒气冲冲地指着车窗外，塞什么塞，路就是被你们这些家伙堵住的，什么素质！顺着他的声音看去，一辆小车，斜插在我们的公交车头前，显然是刚刚加塞进来的。

有人跟着抱怨，现在车子是越来越多了，路越来越堵了，原来上班路上只要十几分钟，现在差不多快一个小时了。真是堵心啊！

有人蹦了句脏话，也不知道他在骂谁。

焦急、无奈、抱怨、叹气、责备、骂娘之声，此起彼伏，在车厢内弥漫。这是我每天乘坐的一班车。堵车已是常事，只不过今天是周一，又下着绵绵秋雨，所以，堵得格外严重些。

我站着，不停地看着手表，心急如焚。

因为内外温差，加之雨天的湿气，车窗上结了一层厚厚的水气。忽然看见，坐在车窗边的一个小女孩，用手在车窗上，画着什么。先是画了一个点，圆圆的一个点，然后，围绕这个点，画了几条线……看出来了，是只鸟，两边的翅膀展开，飞翔的样子。女孩看起来八九岁，背着一个粉红色的书包。看着她画的小鸟，我不由得笑了，她是想像这只鸟一样，飞到学校去吧？

有人不耐烦地对司机说，你多摁几声喇叭，催催前面的车啊。司机摁了几下喇叭，很刺耳的声音。车仍然未动。刮雨器来来回回地刮着，隐约可见，前面的车龙，遥不见首。

我的视线，又回到小姑娘的手指上。在鸟的旁边，她画了一棵大树，纵横交错的树枝，其中一根树枝横到小鸟的下面，这样，原来像是飞翔的小鸟，就变成飞落在树枝上了。她专心地在车窗上画着，心无旁骛。

有人长长地叹了一口气，跟着另一个人很响地咂了咂嘴巴。

车厢内的湿气越来越重，车窗上凝结的水气，慢慢地顺着车窗，往下淋滑。小女孩又在树梢上，画了个很大的圆圈——我猜想，那应该是太阳吧。这看起来是早晨的树林中，一只鸟在刚刚升起的太阳下，唱着歌。我之所以做出这种猜想，是因为我看到女孩,将小鸟的头上又画了一条线,这样,小鸟的嘴巴看起来就是张开的了。为了画出太阳的光芒,小女孩将脸凑近窗玻璃,张大嘴哈气,热气很快使窗玻璃重新蒙上均匀的水气,小女孩继续着她的画……

看着小女孩,我的心,忽然安静下来。

坐在小女孩后面的一个中年男人,似乎也看见了小女孩的画,他试着用手指在窗玻璃上画了一道线,又画了一道线,仿佛一条宽敞的大道。

后面一个妇女,也好奇地用手在玻璃上画了三条弧线,那是一张笑脸……

车厢里忽然如此安静。

汽车又缓慢地向前移动了。今天我也许又不得不迟到了,管他呢,看着水汽中那只飞翔的鸟,我的心随着它安静地飞翔。

你在朋友圈的落寞与现实是一样的

她的一整天都是落寞的,因为,她兴致勃勃地在朋友圈发了一条消息,然而,大半天过去了,点赞的人数竟然还是个位数。

她有一个足够庞大的朋友圈。只要有机会,她会与任何一个有微信的人互加朋友,认识的,熟悉的,身边的,或不太熟悉的,刚刚认识的,一面之交的,她都会主动请求添加为朋友。这比现实中交朋友可方便多了。现实中,两个人从认识到结交为朋友,往往需要一个漫长的过程,而在手机里,只要扫一扫,两个人就成"朋友"了。她的朋友圈就是这样一天天壮大起来的,将她在现实生活中的孤单、寂寥和落寞,一扫而光。

在微信朋友圈里,她异常热情。谁发了朋友圈,她都会第一时间点赞;哪个需要投票,她都会积极投票并转发拉票;她加入了很多群,各地的,各样的,各行的;每天早晨,她都会在各个群里,发一个不知道哪里找来的花枝招展的链接,问候一下群友们;不管谁在群里发言发帖,她都会第一个竖起大拇指……一天中的大部分时间,她都在不停地刷屏、点赞、互动、关注,忙碌而充实的样子。

但是,当她发出一个自己的消息后,才发现,那些热闹其实都是假的,虚幻的,就像身处一个陌生的闹市一样,孤独和寂寞依然严严地包裹着她,一刻也不曾离去。

有人说,微信发出去没人回的寂寞,与收不到回信的寂寞,是一样一样的。

斯言善哉。

网络和智能手机,深深地影响并改变着我们的生活。过去,人们只能通过鸿雁传书来联络远方的亲朋或恋人,今天,网络使我们天涯若比邻。即使一个蜗居斗室的人,通过一部手机,也能与世界的任何一个角落紧密相连;纵使深夜,万籁俱寂,网络世界也是热闹的,手机里的朋友圈也是热闹的。害怕孤单的人们,似乎任何时候,任何地方,任何境况之下,都能从手机的入口轻而易举地走进一个热闹的世界。

然而,似乎总是人声鼎沸的手机里,很多人依然是孤独的,落寞的,忙碌而无所事事的。

你给朋友圈里的某个人发出一个笑脸和问候,久无回应,与你登门访友,而友不在或不见,它们的失落是一样的。

你在群里发了一个帖子,或者发表了自己的意见,却没有一个人回应,与你在单位的讨论会上大声地讲话,而无人理睬你,无人接你的茬,它们的挫败是一样的。

你讲了自己遭遇的一件糗事，或者转了一个搞笑有趣的帖子，却无人鼓掌，无人发笑，无人关注，与你饭桌上讲了一个冷笑话而毫无反响，它们的尴尬是一样的。

　　你拉了一个群，群里除了你鼓掌欢迎，自说自话外，没有一个人发声，与你身处一堆熟人中却形单影只，无话可说，它们的孤单是一样的……

　　我想起了朱自清的那句话："热闹是他们的，我什么也没有。"

　　说到底，朋友圈只是现实的一个倒影，某种观照。你在现实中的喜怒哀乐，在朋友圈里也一样。它只是换了一件衣裳或者马甲而已。

　　一个在现实生活里充实、丰盈、快乐的人，既不会在意，也不会刻意刷微信朋友圈里的存在感。道理很简单，因为在真实的朋友圈里找不到的友谊、价值和快乐，在微信朋友圈里，更不可能找得到。

体内的小偷

每个人的体内,都常住着一个"客人"——小偷。

它窃取你最多的东西,是时间。我们都知道,每天我们有 24 个小时,你所不知道的是,这 24 个小时,其实只有一部分时间,是真正属于我们自己的。比如,你为工作、生活或兴趣而忙碌和享受的那部分时间,属于你自己,而剩下来的,就都被它偷走了:在你昏昏沉沉时,在你百无聊赖时,在你无所事事时,在你沮丧沉沦时,它顺手牵羊,就将你大把大把的时间给偷走了。所不同的是,有的人视时间为珍宝,把时间盯得很紧,它能偷走的,就会少一些,而很多人,是整天整月地被偷走,倏忽一年,倏忽又一年,一生就被偷得差不多了。

对这个小偷来说,比较容易得手的,还有我们的健康。照理,健康是我们最宝贵的财富,每个人都应该倍加珍惜、悉心呵护才对,事实并不是这样。在我们还年轻时,我们以为健康的体魄会伴随我们一辈子,所以,很多人总是挥霍无度,纵情享乐。殊不知,在你透支的同时,它也毫不客气地下手了,今天偷走你一滴热血,明天拿走你一克钙质,你却浑然未觉。但久而久之,你就被它挖空了。当然,它终究是你的客人,哪好意思总是白吃白拿你的东西呢,所以,在一点一滴地偷走你健康的同时,它一定会留下点什么,譬如肝脏里面留一点脂肪,肚腩上面留一坨赘肉,血管里面留一些胆固醇,它遗留下的这些定时炸弹,总有一天会爆发。

人到中年,谢顶了,两鬓斑白了,才发现黑发被偷得差不多了;牙龈肿胀了,松动了,才发现牙齿被一颗接一颗偷走了;脸上起皱了,肌肉萎缩了,才发现皮肤掩盖之下的血肉,被大浪淘沙一样掏空了;远的声音听不见了,近的东西又看不清了,才发现我们的听力和视力,都被它像风一样带走了。我们体内的这个小偷,总是偷你于无形,遁之则无迹,不知不觉中,慢慢地让你变得一无所有。

不要以为这个小偷是后来才住进你的身体里的,不是!可以说,从我们来到这个世界的那一天开始,它就不请自来,住进了你的身体里,与你的生命同呼吸。在我们成长的过程中,它偷走了你懵懂的童年,接着就偷走你意气风发的少年和青年,它总是伺机偷走你的一切。当你心怀理想时,它就做好了准备,偷走你的意志;当你踌躇满志时,它已经伸出了黑手,打算偷走你的理智;而当你消沉沮丧时,它更是毫不留情地下手,趁机偷走你的希望。

大多数的时候,与别的小偷一样,它都是趁你不备时下的手,我们短暂生命中的很多时间,就是被它这样悄悄偷走的。很多人直到生命的尽头，才发现、慨叹这一生怎么这么短，这么快，不是你的时间比别人少，而是你被它偷走的时间太多太多了。除了偷偷摸摸地偷之外，我们体内的这个小偷，也很擅长趁火打劫，你越是挥霍，越是无度，越是沉沦，它就越是偷性大发，将你生命中那些重要的部分，全部打包偷走。

是因为它偷术高明，才偷走了我们的一切吗？不是。其实，也有很多时候，它是明目张胆地偷，甚至可以说是光明正大地从你身上拿走的。那些你虚度的光阴，就是它当着你的面，大摇大摆地拿走的。当它顺走你的健康的时候，也是直截了当告知你，并给了你提醒和预警的，只是你从不在意而已。你的理想，你的信念，你的规划，你的梦想，也都是在你自己放弃的时候，它才顺手牵羊拿走的。它是小偷，是毛贼，也是江洋大盗，永远欲壑难填，偷是它的本性，也是它最拿手的把戏。

追根溯源，你就会明白，我们体内的这个小偷，这个不体面的"客人"，干的所有的勾当，其实都是监守自盗。也就是说，正是我们自己，偷走了自己的一切。所以，防范它的唯一可行的办法，就是防范我们自己。

接触陌生人

泳池边，白色的躺椅上，她穿着泳装，裹着浴巾，面带笑容，斜靠在他的身上。他的一只手，与她的一只手，十指紧紧地扣在一起。身后泳池里的水，平静得像面镜子，映照着这对幸福的情侣。照片定格了这个温馨的瞬间。

另一张照片，显然是在雨后拍摄的，地面还湿漉漉的，一位面容慈祥的老妇，笑眯眯地站着，她的身后，是比她整整高出一个头的少年，双手绕过她的脖子，熊抱着她，而老太太也慈爱地将双手搭在少年的手臂上。在他们身后，屋檐下是一排超市的手推车。这幸福的祖孙俩，是要去超市购物，还是等待着正在超市里买东西的亲人？

而这张照片，则是几个兄弟交叉叠躺在一起。绿茵茵的草地上，一个白人将头枕在一个黑人姑娘的腿上，黑人姑娘则躺在一个一脸络腮胡子的西亚面孔的男子的臂弯里，另一个黑人小伙子则靠在他的腿上。他们就这样交叉地叠躺在一起，你的手搭在她的身上,她的手又搭在他的身上,亲密,和谐,安谧,放松。他们是相约来郊游的,还是在学校图书馆边的草坪上小憩?

这是一张幸福的全家福,黑人爸爸、白人妈妈和他们可爱的三个孩子,坐在凉棚下,黑人爸爸的大手,一只搭在妈妈的肩膀上,另一只搭在一个孩子的肩膀上,像只结实的大熊一样,保护着他们。这也是一张幸福的全家福,白人爸爸、黑人妈妈以及他们调皮的三个孩子,他们坐在街头的花坛边,爸爸抱着最小的孩子坐在自己的腿上,他的另一只手,搭在妈妈的肩膀上,妈妈的面前放着一只很大的购物袋,也许他们刚刚从商场里疲惫而快乐地走出来?

这都是我们在日常生活中经常看到的普普通通的场景,在朋友或邻居家的影集中,随便翻一翻,都能看到的一幕。亲人坐拥在一起,情人耳鬓厮磨,朋友亲密拥抱……我们太熟悉这样的场景了,换句话说,这正是我们日常的生活写照。可是,如果我告诉你,照片中的他和她,老人和少年,他们和她们,全都不认识,是完完全全的陌生人,你会不会感到很惊讶?

没错,这是美国摄影师 Richard Renaldi 历时五年,完成的一个名为"接触陌生人"(Touching Strangers)的主题摄影项目。他在街上找到互不相识的陌生人,并请求他们在一起拍张照片,而且彼此要接触到对方。

牵手,搭肩,拥抱,头倚着头,相互依偎……亲人、朋友、同事、邻居,甚至仅仅是熟人之间,这样的身体"接触"都不算什么,很普通,很平常,但在两个或一群陌生人之间,却是完全另外一回事了。

当明白了这些照片的真实来历后，细心的读者会发现，虽然 Richard Renaldi 镜头下的陌生人都有身体上的接触，但情形其实是并不一样的。大多数的人在身体接触到一个陌生人的时候，表情很自然，就像老友或亲人一样，但也有人表情生硬，搭在陌生人身体上的手，就像触电的树枝一样僵硬。在我看来，这组照片，与其说是两个陌生的身体之间的触碰，不如说是两个陌生的心灵之间的触探和交流。

在我们的认知世界里，陌生人都是危险的，我们已经习惯了不和陌生人说话，不给陌生人开门，不吃陌生人的食物，不和陌生人同行……更不要说和陌生人的身体接触了，那简直无异于把自己置于一个万劫不复的危险境地。陌生人成了盗贼、骗子、恶霸、小人的代名词。可是，我们忘了，在这个世界上，亲人只是极少的那几个人，朋友可能会多一点，但你结交的所有的朋友，都是由陌生人发展培养而来的。刚入学时，同学都是陌生人；刚上班时，同事都是陌生人；刚搬来时，邻居都是陌生人。几乎所有的熟人，都是由陌生人而来。

如果一个陌生人向我微笑，我必笑脸迎之；如果一个陌生人向我伸出手，我必双手握之。因为，对我来说，你是陌生人，而对你来说，我亦是陌生人。我从未觉得自己有什么可怕，而你亦如是。

你未必明了自己的心意

大学同学聚会，毕业20年，大家的变化都很大，然而，最让我们意外和吃惊的是，我们的一个女同学，放弃中文，改行去研究数学了。

这跨度也太大了。

这个女同学现在是一家大学的数学教授。大学毕业后，她被分配到了家乡的县政府工作，两年后，考取了研究生，学的却不再是中文或相关专业，而是数学。一个读了四年中文专业的人，却去考了并且考取了数学专业的研究生，真是让人匪夷所思。后来，她又读博，留校任教，至今。

她的经历，勾起了大家强烈的兴趣，我们都很好奇，怎么就转行去搞起了数学？

她笑笑，说，其实读大学后，她就后悔自己高中时选择了文科，后悔高考志愿选择了中文系。她说，中学时，她的数学和语文成绩，就都特别突出，既是班里的语文课代表，又是数学课代表。

她的父亲是本校的语文老师,在高二分科时,父亲极力主张她选择文科,她自己虽然有点摇摆不定,放不下热衷的数学,但又觉得,自己也还是蛮喜爱看小说的,身上很可能遗传了父亲的文学细胞。于是,她选择了文科班。高考成绩很理想,数学近乎满分,语文成绩也很优异,于是,顺理成章地读了中文系,成了我们这帮文学爱好者的同学。

可是,她说,进了大学后,她才慢慢发现,自己虽然语文成绩很好,也喜爱读读小说什么的,但那根本不是对文学的热爱,文学作品之于她,就和其他也喜爱小说的理科生一样,只是一种消遣。其他的专业课,诸如文学理论、文学史什么的,更是让她味同嚼蜡。她发现,一部《红楼梦》,远没有一道立体几何难题,让她饶有兴趣。

若干年后,我们才知道,大学期间,她就经常跑到数学学院的课堂上蹭课。她也是唯一一个在文学课堂上偷看微积分的人。她笑着说,能和你们成为同学,我自然开心得很。但学习中文,那真不是我的意愿,至少,中学时代,我其实并不真正了解自己的心意。所以,后来我义无反顾地选择了数学,重新规划了自己的人生。

我们一直以为,自己最了解自己的心意,我们的心,到底在乎什么,在意什么,有什么愿望,总是我们自己最清楚。有时候,真的很难说,我们对自己了解多少,我们的选择是不是真的符合我们自己的心愿。你以为遵从了自己的心意,而事实上,很可能像我的那位同学那样,一开始的时候就做出了错误的选择。

在前段时间很流行的英国电视剧《唐顿庄园》里，有一个很小的细节。庄园管家卡森，年轻时曾经与好朋友查理一起在一家剧院工作，卡森爱上了一个女孩，孰料，查理一脚插了进来。在卡森和查理两个男人之间，女孩最终选择了查理。卡森悲伤地离去。后来，卡森成了唐顿庄园的大管家。而酗酒又懒惰的查理，与那个女孩的生活却并不如意，穷困潦倒。若干年后，查理告诉卡森，她死了，他们三人之间的恩怨，也该了结了。查理在与卡森告别时，说出了一个秘密：女人在临死之前告诉他，她真正喜欢的男人其实是卡森，只是年轻时的她，一直不知道自己的真实心意。现在，她就要死了，才终于明白了。

女人终于明了自己的心意，并在临终之前，说了出来。只是这明白，显然来得迟了点，她自己的，卡森的，包括查理的人生，都由此而彻底地改变了。但因她而终生未娶的卡森，可以放下了；虽娶了她的人，但从未得到她的心的查理，可以放下了；她自己也可以放下了。

不能真正明白自己的心意，真的是一件无奈而悲哀的事情，它会让我们在虚假的心意之下，沿着错误的轨迹，徒耗生命。

当我们在做出某种选择或决定的时候，也许问一次自己的内心还远远不够，反复地审视自己的内心，多追问几次，才能更加接近自己内心的真实意愿。

而一旦明了自己的心意，什么时候掉头都不迟。

九句真话和一句谎言

被朋友拉去听一个关于养生的讲座。主讲人有一串很大的名头，在圈内有不小的影响力。

说实话，我是带着抵触情绪来听的。对类似的讲座，我一向没有好感，认为不过是一种推销术，讲来讲去，其最终目的，无非要推销某个理念或者某种产品。

这次，听着听着，却入了迷。不得不承认，主讲人讲的都是养生常识以及容易让人混淆的误区。比如，一段时间十分流行的一个养生之道，每天喝八杯水保健康。主讲人言辞恳切而尖锐地指出，每个人所需要的水分其实并不一样，喝多了不但无益健康，还会造成肾脏的负担。

对诸如此类的养生误区，主讲人一一剖析，言之凿凿，发自肺腑。听讲的众生，不时发出感叹之声。看得出，大家显然都被错误的养生之道贻害已久，所幸今天遇到了真正的养生大师，讲的句句是实话，字字乃真言，没有虚夸，没有谎言，坦诚而真切。大家报以热烈的掌声。

主讲人忽然话锋一转，拿出了讲台下的某个产品，开始介绍起特殊的功能。

我猛然惊醒，这才是她要讲的正题啊。而前面所讲的所有的真话、实话，只是一个又一个铺垫。

那场讲座的尾声，是很多人甘愿掏腰包，纷纷抢购其带来的某养生产品。

和朋友探讨主讲人的手腕，很简单，她前面讲了九句真话，就为了最后一句谎言。而因为有了九句真话的铺垫，使最后一句谎言，看起来像真话一样诚恳可信。于是，众人被迷惑了，一切水到渠成。

一个谎话连篇的人，很容易就被人识破、戳穿，换句话说，没人会信任一个满口谎言的人。但如果九句谎言中只掺杂了一句谎言呢？情形恐怕就完全不同，人们很容易在前面真话的诱导下，放松了警惕，而将那句谎言也奉为真话。

看过很多科幻电影，为什么明知是科幻片，很多人看着看着却信以为真？道理很简单，科幻片的基底，是建立在众多早被验证了的科普知识之上的，也就是说，它的基础是建立在常识之上的。前不久看过一部科幻大片《盗梦空间》，故事惊心动魄，引人入胜。我们知道，梦是虚幻的，那么，梦境可以被入侵窃取吗？常识告诉我们，这是不可能的。但是，这部电影里面，告诉了我们很多"常识"，比如它明确地告诉你，梦是非现实存在的，梦里的5分钟，相当于现实中的一个小时。心理学上的一项研究表明，催眠师很难让被催眠者做出违反他们自身意愿的举动，基于这个科学依据，电影中将思想植入设定为最困难的境界，使人相信它的科学合理性，而不是胡编乱造的无厘头……在合理的"常识"掩护下，盗梦变得似乎不再是空穴来风，而成为一种可能。现实和虚幻，相互交融。

有个同事，自诩从来不讲假话，在我们平素与他的交往中，也确实感受到了这一点，他的实诚，为他赢得了信任和尊重。一次几个人聚在一起打牌，他的妻子忽然打来电话，问他在做什么。他平静地回答，在和领导谈工作。他的妻子相信了。我们都错愕不已，这本是一个无伤大雅的谎言，但这句小小的谎言，却让我们对他重新认识，他真的如他所言，从没有对我们说过谎吗？还是我们根本没有识破？

我宁愿相信这个世界上，真的有从来不说谎的人，但更大的可能性是，他说了九句真话，却有一句是假话。一种可能是，他无意间不慎冒出了一句谎言；还有一种可能是，他讲了九句真话，目的就只为了让你相信最后那句谎言。被九句真话层层包裹的那句谎言，往往具有更大的欺骗性，听起来比真话更像真话。我们要小心谎言，尤其要警惕真话掩盖下的那句谎言。

身体里的木桶效应

一位医生朋友，十分惋惜地跟我们谈起他的一个病人。

他的这个病人，身体一直壮实得像头牛。可是，谁也没有想到，却突然病倒了，而且，这一病就再也没能站起来。夺去这个病人年轻生命的，是他的肾脏。在他入院的时候，医生给他做了全面的身体检查，除了肾脏，他身上所有其他的器官都很健康，没有丝毫的毛病。但一种微小的外泌体侵入了他的身体，并引发了他一直不自知的慢性肾脏疾病，终致回天乏术。

医生又跟我们讲了他的另一个病人，一位80多岁的老太太。老人的腹腔长了肿瘤，手术打开她的腹腔的时候，医生们惊讶地发现，这个老太太的肝脏、脾胃等器官健康得就像一个五六十岁人的，如果不是腹腔的这个恶性肿瘤，以老太太的其他器官的健康状况来看，活到百岁一点不成问题。可是，腹腔的这个晚期恶性肿瘤，让老人的生命戛然而止。

医生说，很多时候，夺去我们生命的，并非身体里的器官都衰竭了，坏死了，而很可能只是某一个器官坏了，病了，不工作了。这个"罢工"的器官，骤然成了一个人的致命杀手，从木桶效应来看，这个坏了的器官，就是我们身体里最短的那块木板。

真是醍醐灌顶。

我们的身体，是由无数个器官和零部件组成的，我们往往会更在意和精心呵护那些我们自认为重要的器官，比如大脑，比如心脏，比如肺，比如骨头，比如血液。它们确实都很重要，事实上，也正是这些重要的器官和部件，共同挑起了我们健康躯体的大梁。但是，其他器官就不重要了吗？显然不是，任何一个器官，如果出了问题，轻则影响我们的生存质量，重则夺走我们的性命。

心脏，可谓我们的身体里最重要的一个器官了，拥有一颗健康、强大、有力的心脏，是很多人的心愿，为此，我们也愿意花费更多的时间和精力，锤炼它，保护它，关爱它。这当然没错，但如果你拥有了强大的心脏，却没有一个健康的胃，再强大的心脏恐怕也无能为力。同样的道理，即使肌肉再发达，也弥补不了营养不足或残缺不全的大脑。

木桶理论告诉我们，生命的长短和质量，并不取决于我们某个器官或某个部位特别健康、特别发达，一块板再长，也不能让我们的生命之桶盛装更多的水。若想生命长久而鲜活，需要我们所有的器官和所有的零部件，都健康、灵光。

我们的身体是这样，我们的人生也一样。

每个人都有自己的长处、优点，也难免有自己的短板、缺憾。

一个人能否成功，往往取决于他的长处，能胜人一筹，有了比别人长的强项，就可能鹤立鸡群、独占鳌头，成为某一方面的翘楚。但是，一个人是否优秀，却取决于他的短板，短板越少，短板与长板的差距越小，一个人才越有可能臻于人生的佳境。

一个聪慧的人，往往掩盖了其动手能力的不足；一个勇猛的人，他的冷酷无情可能不为人知；一个外表光鲜的人，也许内心很龌龊……他们可能因为人生的那块"长板"而风光一时，但短板一定是毁掉他们人设的最后一根稻草。成在长板，毁必短板。从这个角度来看，看到自身的优点、长处很重要，而认识到自己的不足并予以弥补，更难能可贵，更有益于人生。

如果我们不能使自己的长板优于别人，没关系，我们还可以让自己的短板不输于别人，我们的人生之桶，就依然可能是丰盈充实的。

留给你一个明朗的空间

终于将自己的东西收拾整理好了,四五只纸盒子塞得满满当当。它们安静地躺在墙角,等待着搬运工过来,将它们从这个办公室搬到我的新办公室去。昨天还整洁有序的办公室,现在变得肮脏、混乱、惨不忍睹,跟电影里的逃亡镜头似的,到处散乱着纸片、文件袋、坏掉的笔、用过的本子、灰尘、烟蒂,甚至还有一双臭鞋。乱糟糟的垃圾里,混杂着我的气息。

这几天,办公楼乱成了一锅粥,因为各部室人员进行了大调整,大家都在忙着挪窝,从一个办公室挪到另一个办公室。

这也是我第 N 次换办公室,我的新办公室换到了楼上。我拎着脸盆、扫把和抹布,准备先去新办公室看看有没有腾空,再好好收拾打扫一下。每次搬办公室,最累的活就是收拾新办公室,将一个又脏又乱、堆满垃圾的办公室整理干净,真是一件不容易的事。刚刚腾空的办公室,永远堆满垃圾,乱七八糟。

找到了我的新办公室。门开着。

奇怪，怎么干干净净的，没有一片垃圾，地面还拖过，湿漉漉的。显然有人刚刚收拾过，难道我走错了，这不是我的新办公室？回头又看了看门牌号，没错，正是我即将搬入的新办公室啊。

正纳闷着，有人拎着拖把进来了。我认得他，是工会的老章，去年刚从另一家报社调过来的。这间办公室，以前就是他的。

我看着他，问："你搬好了吧？"

老章点点头："是的，我的东西都已经搬到新办公室了。"说着，弯腰拖起地来。

"那你，这是……"我疑惑地看着他，都搬走了，还拖地干什么。

他直起腰，说："你是要搬到这间办公室吧？我这就收拾好了，等地面干了，你就可以直接搬进来了。"

原来是这样啊。这太出乎我的意料了，搬了这么多次办公室，还是第一次有人在腾空办公室后，将即将属于别人的办公室收拾干净的。

我连声道谢。

老章摆摆手，说："都是同事嘛，举手之劳，应该的。"老章把我拉过去，告诉我，办公桌应该怎么放，才能照到阳光，又不刺眼；电话搁哪儿，接起来方便；哪个插座能用，哪个是坏的……都一一交代清楚。

我用力点着头。冬日下午的阳光，从窗户斜斜地照进来，落在我和老章之间，那是温暖的橙色。

告别老章，我拎着脸盆、扫把和抹布，又回到了我原来的办公室。望着满地的垃圾，我卷起衣袖，打扫起来。

有人拎着脸盆、扫把和抹布，走进了我的办公室，他是这个办公室的新主人。看到我在忙碌，他诧异地看着我，我笑着对他说，回去吧，打扫干净你现在的办公室。

走廊里，都是忙碌的身影。

每次搬办公室，我们都是忙着打扫别人用过的办公室，替别人清扫垃圾。这一次，我们和老章一样，把办公室打扫干净，留一个干净、整洁、明朗的空间给别人，也把自己美好的一面留给他人。而我们要搬进的新办公室，则是别人留给我们的，一个同样干净、整洁、明朗的空间。

只是顺序稍稍变一下，感觉就完全不同了。很多时候，很多事情，都是这样。

我们完成了一次温暖的传递。

我们的心就像一个停车场

夜读，被诗人北岛的一句话猝然击中，他在《失败之书》中说："诗人的心像停车场，知道有多少辆车进来，停在什么位置。"

这真是一个俗而精妙的比喻。掩卷而思，觉得不独诗人，我们普通人的心，不也像一个停车场吗？

你的心越宽广，停车场就越大，也就能容更多的人，更多的事，更多的风雨。

内心强大，需要有一个宽敞的入口，它就是你的心门。这个心门，不必奢华，但一定要足够宽敞，方便进入。有的人心很大，但太自负自傲，总是摆着一副拒人于千里之外的冷脸，谁还敢贸然进入呢？

一个停车场，要有入口，放世界进来，还要有出口。再强大的心，也是和停车场一样，容量有上限。一个人，不能把什么人、什么事都放在心上，舍不得放开。那样，你的心就会不堪重负，拥堵不堪。出口是和入口同样重要的通道，放下一些人，放走一些事，你才能有空间容纳更美好的人和事,也才能让自己透口气。

不是什么车进来了,就都是停车场的私有物品,它有进来的冲动和自由,也有随时出去的可能,你必须有这个心理准备。你要知道,大多数车进停车场只是临时停靠,它有它自己的位置和世界。人也一样。熙熙攘攘这一生,我们会遇到很多人,其中有的成了朋友,一度在我们的心中占据着很重要的位置,但世事变迁,人心难料,很多人走着走着就散了,这也是很正常的事。

有的车,喜欢停在停车场的门口,那是为了出去方便。我们的心也一样,有些人进来了,本来就是为了某种目的,带着功利心进来的,他的目的达到了,或者眼见着你并不能如他所愿,抑或他认为你不再对他有价值,他就会毫不犹豫地开走,一溜烟跑得无影无踪。这一点也不值得惋惜。

有的车,总想停在显眼的位置,那是要引起你的注意,害怕遭冷落,受伤害。他可能是刚结交的朋友,也可能是你的亲人。它提醒你,进入你心中的人,你都应该呵护他们,给他们应有的照顾和温暖。一个想长期驻留在你心中的人,他就像一辆驶进停车场的车,往往会自觉地找一个僻静之地,本分地停靠,然后,默默地注视你,关注你,与你同喜同悲。这样的人,不是亲人,就是爱人、知己。因为安分,因为不显眼,因为不争不抢,他们很可能反而容易被疏忽,遭遗忘,受冷落。多少人间遗憾,由此而生。所以,时时巡视、躬省一下我们的身边和内心吧,永远也不要忘了那些可能陪伴、支持了我们一生的人。

有的车，很霸道，一个车身却占据着两个车位。如果不是司机技术不佳，就是骄横惯了。越是心地善良的人，越是包容性强的人，心里越是可能住着一两个这样的人。而且偌大的停车场，车停得多了，因为抢位子，进进出出，争风吃醋，不免秩序混乱，矛盾丛生，时有磕磕碰碰的事情发生。这没什么大不了，只要自己的心不浮躁，方寸不乱，一碗水端平，就没有过不去的坎，解决不了的难题。

有的车，很新，很干净，这就像一个心地纯净的人。在你的心中，这样的人越多，你的心自然也就越洁净，让人欣慰。但难免有沾满了灰尘的车进来，就像一个疲惫、邋遢、萎靡不振的人。他已经进来了，怎么办呢？如果你的心足够包容，足够宽大，那就不妨再弄个洗车场，给他擦一擦、洗一洗，让他焕然一新。一颗能净化别人的心灵，才是真正博大、美丽的心灵。

一个停车场，即使再大，填得满满的，也会让人有窒息感；即使再小，没有停几辆车，也会空落落的，了无生机。因此，我们需要不断充实自己的内心，让它丰富多彩起来，也需要留下一点空间，使之永远保持自由、弹性和活力。

你未必认识自己

"我想先给大家介绍个人，这个人此刻就坐在你们当中，看你们能不能判断出来他（她）是谁。"教授环顾大家说。教授是我们单位请来为大家做辅导的，在我们这行，他是权威。

"这个人外表看起来非常自信，但有时候又显得特别自卑。"教授顿了顿，等待大家的反应。

会场里小声议论开了。坐在我左边的小黄说："我猜这个人是业务部的小胡，他这个人，别看他平时大大咧咧，很自信的样子，其实，他骨子里挺自卑的。"而坐在我右边的小武却直摇头，轻声说："我看教授讲的这个人，更像是办公室的小张，她从小家庭受过挫折，所以内心里一直很自卑。"

教授继续描述："这个人有一点点自恋。"

教授话音刚落，小黄指着小武说："我看教授讲的是你。一个大男人，经常照镜子不说，还喜欢拿着手机自拍，不信你拿出你的手机，屏幕上一定是你自拍的照片。"小武一听，立即予以反驳：

"你更加自恋,每次和你一起走在大街上,老是往边上的店铺里张望,其实我知道你不是看里面的货物,而是透过人家的橱窗欣赏自己。你说说,你这是不是自恋?"

两个人争得不可开交。其实,小黄也自拍过,也经常照镜子;小武也会从商店的橱窗瞄瞄自己。不但他们,这些事我也都干过。

"这个人还有一点懒惰。"教授又给出了一个条件。

会场里小声的分析,变成了热烈的争论。

坐在我们前面的小杨,突然扭回头对小黄说:"这一点跟你很像,你就是一条标准的懒虫。"

小黄不乐意了,回道:"还说我呢,你不懒惰?你看看你的办公桌,蜘蛛网都能捕住苍蝇了。"

小武附和说:"我也觉得这点更像小杨,交给你办的事情,你总是一拖再拖,不到迫不得已,你决不会去做,拖拖拉拉,说到底,就是懒惰。"

小杨指着小武说:"你也勤快不到哪儿去,就说说你的烟灰缸吧,哪一次不是塞得满满的,你才会倒掉?茶杯子,更是半年都没有清洗过了吧?"

我没有插话,但我觉得,这一条也很像我,能不做的事情,我不会主动去做;能拖到明天去做的事情,今天就肯定不会动手。这不就是懒惰吗?我只是没好意思说出来。

"再给大家描述一下这个人的特点,待人很热情,但是,又有妒忌之心。"

会场里忽然安静下来。妒忌之心？这可是个有点敏感的话题，大家你看看我，我瞅瞅你。

过了一会儿，我听到身后有人悄悄议论，好像是讲大兵。我又听到几个女同事在嘀嘀咕咕，她们的目光，不时落在老刘的脸上。小武意味深长地看了我一眼，我猜想，他一定是想说这一点很像我吧。而小黄则用手指，有意无意地戳戳小杨的后背……

"当然，这个人还有很多特点。那么，根据我以上的描述，你们觉得，这个人会是谁？"教授扫视着大家，问。

没有人回答。大家面面相觑。

教授笑着说："这个人，就坐在我们中间。"教授用手往东边一指："这个人是你吗？"东边一阵骚动，你看看我，我看看你。教授又用手往最后方比画了一下："也许是你？"后方一阵笑声，你指着我，我指着你。教授忽然用手指指自己："其实，刚才我只是描述了一下我自己，我的优点，也包括我的缺点。"教授停顿了一下，"但是，你们是不是觉得，我所描述的这个人，既像张三，又像李四？尤其是我在指出这个人身上的缺点的时候，大家的脑子里，都会立即蹦出某个人的形象。我们总是能够很容易地看出别人身上的毛病和不足，对我们自己，却往往眼前黑。而我要告诉你们的是，这个人，恰恰就是你自己。"

教授站起来，在黑板上写下了他今天要开讲的主题：你未必真正认识自己，那么，成功之路，让我们就从了解自身开始吧。

回家陪我的兄弟

一帮人聚会，推杯换盏，酒足饭饱后，有人提议去K歌，有人说去喝茶，也有人想去打牌，还有人提出找个大排档，继续喝。但他说，我要回家了，陪陪我兄弟。

我将他拉到一边，好奇地问他："你啥时候冒出个兄弟来了？"

他用手轻拍自己的胸脯，说："我就是我自己的兄弟啊。"

"你喝多了吧？"我不能理解，关切地问他。

他笑笑，说："真的没喝多，也真的不想继续这么闹哄哄的鬼混，就是想回家，安静地陪陪我的兄弟，陪陪我自己。明白了吧？"

我还是不大明白。但我尊重他的选择。

他是我的一个朋友，是家中的独子，结过婚，离了，现在一个人单着。父母又不在身边，朋友们担心他寂寞，所以，经常安排些聚会，陪他热闹热闹。可是，显然他对这份热闹并不投入。

我也回到了家。孩子正在埋头做作业，他有永远也做不完的作业。妻子正在专心看电视，她有永远也看不完的肥皂剧。

我独自走进了书房。

躺在柔软的布沙发里,我骤然觉得,此刻,自己好孤单。

我有一个美满和谐的家庭,不过,很多时候,我们每个人都有各自感兴趣和忙不完的事情。

我也有自己的工作、兴趣和爱好,我也非常乐于陪伴我的家人,这一切,都带给我满足和快乐。但是,纵使这样,我也有孤单的时候,就像此刻。这时候,我只能自己陪伴自己。

恍然明白了朋友说的"我就是我自己的兄弟",可不是吗,此时此刻,我独自一人,我就是我自己的兄弟。我孤单寂寥,但是,还有"我"陪着我。因为是兄弟,我不快乐,"我"会安慰我;我说的话,"我"都乐意听,绝不嫌烦;我的事情,只有"我"会真的当成自己的事情;我的愿望,"我"也总是第一个赴汤蹈火。"我"这个兄弟,永远不会嫌恨我,背叛我,抛弃我。有了"我"这个兄弟的存在,你会发觉,什么时候,你都不会是孤单一人,不会是一个人在战斗,因为你还有一个兄弟。

我继续冥想。

除了是兄弟外,"我"也可以是我的恋人。自己做自己的恋人,你就会像对待恋人一样,处处呵护自己,时时珍惜自己,不忘疼爱自己。

"我"也可以是我的孩子。既然是孩子,我就会娇惯而不放纵"我",容忍"我"偶尔犯错,鼓励"我"大胆前行,永远做"我"最坚强的后盾,陪伴"我"成长。

"我"还可以是我的父亲。像尊重父亲一样,自尊自爱,不拂逆自己的内心;像孝顺父亲一样,不糟践自己,也不与自己较劲;像陪伴父亲一样,做自己内心忠实的倾听者。

对我来说,"我"能做的,还有很多。"我"可以做我的朋友,也可以做我的知己;"我"可以是我的伙伴,也可以是我的爱人。"我"不是我的影子,也不是我的一半,更不是另一个自己,"我"就是我,是我的全部,是我有可能常常有意无意忽略了的真实的我自己。

作为社会人,我们是儿子,也是父亲;是同事,也是朋友;是邻居,也是路人。很多时候,我不是为"我"而活着,而只是活在一个个角色里。很多人感觉活得很累,即使身处闹市也会孤单寂寥,那就是因为,我没有带上"我",你没有带上"你"。我与"我"走散了,你与"你"也没有同行。

远离尘嚣,回家陪陪我的兄弟,也就是陪陪"我"自己,认真听听"我"的声音,我的态度,我的需要。什么时候,都别把自己弄丢了,忘了你是谁,从何而来,向何而去,而那个自始至终一直默默陪伴你、鼎力支持你、永远也不离弃你的,他又是谁?

第六辑

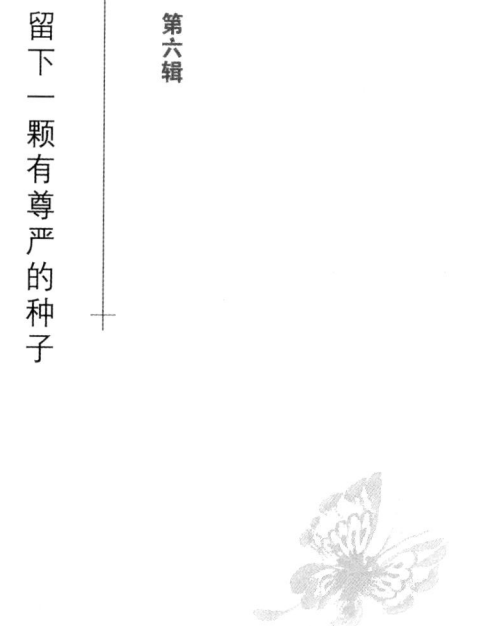

留下一颗有尊严的种子

在没有父母的老屋,我们只是故乡的客人

亲戚的孩子结婚,邀请他去喝喜酒。欣然应允。

先坐飞机,再改乘绿皮火车,又坐了近两个小时的客车,总算辗转回到了故乡。从车站走出来,他却有点恍惚了,喜宴是明天,他不知道是直奔亲戚家好,还是该先找个酒店落下脚,明天再赶过去。

这是母亲过世后,他第一次返乡。父亲在10多年前就去世了。3年前,母亲也走了。办完了母亲的丧事,他在县城的妹妹家小住了几日。临别时,妹妹对他说,哥,以后回来你就上我家住吧。当时他点点头。他还没有完全从丧痛中走出来,也没有体会出妹妹的话的意味。当他再一次回乡,站在熟悉却又陌生的车站出口,他忽然发觉,自己不知道该往哪去了。

以前当然不是这样。父母在时,每次从外地回来,不管多晚,他都不着急,更不会茫然不知去处。他会打个车,直奔县城二十里外的家,那个他从小长大的乡村。有时候,他会提前告诉父母,我回来啦!有时候,忘了事先跟父母说一声,忽然就出现在家门口,

让年迈的父母又惊又喜，嗔怪他老大不小了，还搞突然袭击。

也有时候，并不急于回家，先到县城的妹妹家歇个脚，见见城里的亲朋，然后再和妹妹妹夫一起，带着他们的子女，一大帮子人浩浩荡荡地回家。一到村头，就看见了手搭在额头眺望的老母亲，露水打湿了她的裤脚，天知道她从几点钟就站在村口了，一定是妹妹提前告诉了老母亲他回来的消息。陈旧的老宅，忽然又被人声塞满，兴奋得吱吱作响，站立不稳的样子。他们兄妹几个长大成人后，都像鸟儿一样飞离了老巢，只在他们回来时才再一次呈现出欢乐的、饱满的样子。这才是他熟悉的老宅的味道，家的味道。

这一次，他恍然不知去处。

他自然还可以像以往那样，先到妹妹家去。他和妹妹从小就关系很好，妹妹的孩子们，还有妹妹的孩子的孩子们，也都与这个不常见面的舅舅、舅爷爷很亲，但是，那终归是妹妹的家。以前落个脚，甚或小住几日，都没有关系，他是有自己的家的，父母在家里等着他呢，他随时可以回家。现在，再去妹妹家，就只能住那儿了，而不是落个脚，中转一下，歇息一下，真正成了一个借居的客人，与去别的亲戚家、朋友家，并没有什么两样。

他也考虑过，直接去那个办喜事的亲戚家。但这个念头一冒出，就被他掐灭了。人家要办大事，忙都忙煞，却要腾出时间和精力来提前招呼自己，他自觉甚为不妥。

还是先回老屋去看看吧。他在心里，用了老屋这个词，而不是家。父母都不在了，那已经不是家了。他叫了辆车，回到乡下。对司机说，你路边等等我，我还要回城的。他没有老屋的钥匙，老屋的一个墙角已经坍塌。母亲去世后，他和妹妹将母亲的遗物整理好，锁上门，就再也没有回来过。他绕着老屋转了几圈，残破的老屋，和心中那个家一起，再次坍塌一地。

在村口，他遇见了一个面熟的村民。村民说："回……"话说了一半，咽了回去，又说："要不，上我家坐坐吧。"他谢了村民，那一刻，他意识到，对这个他从小长大的村庄来说，他是个客了。

他乘车回了城，订了一家酒店。他知道，他是这家酒店的客。

犹豫了一下，他还是给妹妹打了电话，告诉她，他现在县城，住在某某酒店。妹妹嗔怪说，哥，住什么酒店，咋不来家里住呢。他讪笑。妹妹说，那你过来吃晚饭吧。他答应了。

从酒店走到妹妹家。在门口，遇见了刚刚买菜回来的妹妹。邻居看看他，对妹妹说："家里来客啦？"妹妹看了一眼邻居，抢白她："什么客，我哥！"妹妹的话，让他感动。可是，他知道，那个邻居说得没错，他就是一个客。在妹妹家，他是客；在这个县城，他是客；在故乡，他也是个客。

那天晚上，他在妹妹家，与妹夫喝了很多。回到酒店，他迷迷糊糊地接到儿子的电话，儿子问："爸，你明天在家吗？我们回家来哦。"他告诉儿子，他回老家了，但是，你妈在家呢。

放下电话，他泪流满面。他已是客了，但是，他在，妻子在，那就是儿孙们的家呢！

这个世界，没有什么是我一直不喜欢的

天气忽然就凉了。

出门，撞见灿烂的阳光。我本能地用手遮挡了一下眼睛。我讨厌阳光已经很久了，准确地说，是这一整个炎热的夏天。我知道阳光是个好东西，我也知道阳光不可或缺。但是，这个夏天，我就是不喜欢它。过往的几十年，每个夏天，我都不喜欢它。它将大地烤得冒烟，也将外出作业的我们烤得大汗淋漓。如果忽然有一片云，或者一枝浓荫遮蔽住它，我会很开心。

可是，今天，它突然就变得温柔了。它虽然还是热的，但是那种温暖的热，是那种晒到你身上，让你感觉暖洋洋、心痒痒的热。我不知道是因为天气凉了阳光才变得温柔，还是因为阳光变温柔了，天才凉爽下来。总之，这样的阳光，让我心生欢喜。是的，是欢喜，而不再是讨厌。我恍然明白，不是我不喜欢阳光，只是不喜欢夏天的阳光，而在其他的季节，尤其是冬天，阳光实在是个好东西，让我欢喜得不得了。

这个世界，并没有什么是我一直不喜欢的。

比如雨。身在江南，雨水就像一个人的影子一样，难以摆脱。特别是漫长的雨季，没完没了的雨，让每个人的心，都湿漉漉的。小时候，我就喜欢雨，雨滋润万物嘛。可是在劈头盖脸地下了一个星期后，雨还没有半点止住的迹象，我就变得焦虑了，开始有点讨厌它了。尤其是妈妈给我买了一双新鞋子，第二天却莫名其妙地下起了雨，雨将路淋湿了，也将我躁动了一个晚上的心浇灭了。妈妈不允许我下雨天穿上新鞋子，而我自己也决舍不得让新鞋子一脚踏进泥泞里。可是，我又是多么迫切地想穿上漂亮的新鞋子啊。你说说，这时候，我能不讨厌它吗？我恨不得张开双臂，将黑压压的天空撕开一个口子，将雨赶走，让阳光赶快出来，将路晒干。

我认识一个西北的朋友，他们那儿一年的降雨量，也没有我们一个晚上下的雨水多。他来我们江南做客时，恰逢雨天，我以为他会激动地张开双臂，仰起头，迎接雨水的洗礼。然而，没有，他说他来了之后，就一直下雨，到处都湿漉漉的，黏糊糊的。不是他不喜欢雨，稀缺的雨水每一次落在他的家乡，都让他和老乡们激动不已，感激不已。可是，江南的雨，太黏稠了，太热情了，让人几近窒息，而且，它也是不公的，为什么江南的雨，就不能多跑几步，去他的家乡痛痛快快地下一场呢。

我像喜欢日出一样，喜欢日落。太阳在升起与落下的那一刻，都无比壮丽，让人心潮澎湃。有一年，我还特地爬上泰山，就为了看一眼泰山日落，巨大的红日，像红心咸鸭蛋的蛋黄一样，悬挂在地平线之上一寸的地方。是的，一寸，就那么远，然后，它就慢慢地，一厘米一厘米地往下落，很像一个乒乓球抛入水中，必先弹跳几下，然后，才又像一个铅球一样，突然"咕咚"一声，全部没入了水中。日落了，但你还能看见漫天的晚霞，那是落日在挥手呢。你看看，落日就是这么辉煌，让人欢喜。可是，如果我是刚刚探望了病重的亲友，从医院里走出来，或者我刚刚失恋了，前一秒才与爱人分了手，这时候，忽然撞见了日落，惨淡，落寞，无奈，其情其景，我怎么会心生欢喜？

我喜欢的东西很多，我不喜欢的东西也很多，但这个世界，并没有什么是我一直不喜欢的，也没有多少东西是让我一直喜欢的。就像大多数时候，我是多么喜欢我自己，我喜欢自己年轻、朝气、上进、懂礼、热情、友善、豁达的样子，简直到了自恋的地步。可是，当我颓废的时候，当我躁怒的时候，当我因为一件失败的小事而一蹶不振的时候，当我在语言或行为或情感上伤害了我挚爱的亲人的时候……我忽然发现，自己是多么面目可憎，多么不可理喻，多么无地自容。如果我能像一只蝉一样，我一定无数次让自己金蝉脱壳，抽身逃离自己这副皮囊。当然，我做不到，我还是我。这也让我明白，连我自己都时而欢喜自己，时而讨厌自己，自然别人更不可能总是喜欢我或讨厌我，那么，我们又何必纠结于自己不是一个完人呢。

邻居的纸条

下班回家,见门上贴着一张纸条——儿子在我家。

字迹认得,是对门老刘的。

敲门,老刘开了门,笑眯眯地问:"下班啦?你儿子和我儿子在房间里一起做作业呢,我喊他。"

道了谢,和儿子一起回家。问儿子,怎么不在自己家里,又跑对门去做作业呢?儿子说,早晨上学时,忘带钥匙了,妈妈又出差了,本来想打电话给我,让我早点回来,正好对门刘叔叔回家,看到他站在门口,就关切地问了他情况。刘叔叔就让他到自己家里,边做作业,边等我回来。儿子还说,刘叔叔怕我回来找不到他着急,就在门上贴了张纸条。

这不是老刘第一次写纸条了。

收到老刘的第一张纸条,是刚搬来时。

那天搬家,因为没请搬家公司,都是我们自己搬,所以,有点乱,也特别累。这些年,因为各种缘故,我们搬了好几次家,每次搬家，就像打一场仗，身心俱疲。

我和妻子正在收拾，有人敲门。

开门，是一个陌生的中年男人。他说："我是你对门的，你们新搬来的啊？"

我点点头，心说，这不是废话吗？

他又问："这房子，你们是租的，还是自己买的啊？"

我有点不高兴，怎么，查户口啊？没好气地答，"买的。"

"太好了，那我们就可以长期做邻居了。"中年男人很激动的样子。真搞不明白，我是买的，还是租的，与他有什么关系。他又说，以前这房子都是租的，住的人经常换，各种人都有。现在好了，现在好了。

我不耐烦地打断他："你有什么事吗？"

中年男人一怔，支吾着："需要我帮、帮忙吗？"

我坚定地摇摇头。搬过这么多次家，还是第一次见到这么自来熟的邻居。

那你们忙。他说完就走了。

我和妻子继续收拾。妻子说，刚才这人还蛮热情的。我笑笑，太热情了，简直像个老娘们。

好不容易，把大件拾掇到位。坐下，小憩一会。

"咚，咚咚！"又有人敲门。

开门，竟又是那个中年男人！我没好气地问："你还有什么事？"

是这样的。他递给我一张纸条，说："这上面都是一些有用的电话号码，你们刚搬来，对这里的环境不熟悉，也许用得着。"

我犹疑地接过纸条，瞄了一眼。他又说："最后一个号码是我的，方便联系。"

他走了。我随手将纸条扔进了垃圾篓。

天黑了，妻子下厨做饭去了，我继续收拾。

忽然，妻子在厨房里喊："下水管怎么不通？水池里的水，都下不去。"

我赶紧去看。水池里已积了半池的水，显然是下水不通。这是一套二手房，买的时候还真没在意，卖主也没提这茬。

捣鼓了半天，还是不通。妻子说，还是赶紧找个维修工来吧。可是，天都黑了，又是刚搬来，也不知道上哪去找维修工啊。

忽然想起了对门那个中年男人给的纸条，也许，那上面有维修工的电话。

从垃圾篓里翻出了那张纸条。一看，密密麻麻写满了一张纸，物业的电话、保安室的电话、门口便利店的电话、快递公司的电话、家电维修工的电话……水管工师傅的电话！

电话打过去，果然是一个水管工师傅，帮人疏通下水道，他答应马上就过来。

对门中年男人给我的那张纸条，帮了我们大忙。我将那个纸条理平整，压在了餐桌的玻璃下面。

我搬过来已经两年多了，那张纸条给我们带来了很多方便。那是对门的老刘，写给我们的第一张纸条。此后，偶尔又收到过老刘贴在我家门上的纸条，都是一些提醒什么的。

至今，我和老刘，也不是特别熟悉。我不喜欢串门，也不喜欢平静的生活被人打扰，老刘似乎意识到了这一点，所以，他也很少来串门或敲门。门口碰面了，或者小区里偶尔撞见，我们只是互相微笑着点点头，像众多其他似识非识的邻居一样。

但他给的那张纸条，我一直压在餐桌的玻璃下面，它给我们家的生活真的带来了很多便利。这张小小的纸条，是这么多年来，我从邻居那里得到的最简朴又最温暖的礼物。

就在前不久，我已将纸条上的最后一个号码，存储到了我的手机通讯录里，它被归在我的朋友群组里，我给它取的名字是：朋友老刘。

服务员的便笺

一行人去烟台出差，入住一家酒店。与全世界的标准间一样，这家宾馆的标准间看起来也是千篇一律，没有特色。不过，出门在外，能有张干净点的床，安稳地睡上一觉，我们已经很满足了。

坐了一天的车，很累，洗洗后倒头就睡。

第二天一早，我们匆匆出门办事。下午，办完事回到宾馆。房间已经收拾过了，整洁，清爽。

同事忽然轻声叫起来：哎，奇怪，写字台上怎么有张纸条？拿起来一看，是一张宾馆便笺，上面手写着几行字，笔迹娟秀，一看就是女性写的。我打趣道，别是服务员写给你的情书啊。

还真是服务员写的，便笺上写道：我是楼层服务员，早上为您打扫房间时，在写字台角看到一枚衣服纽扣，我们发现，您挂在衣架上的风衣少了一颗纽扣，与我们捡到的纽扣一样，估计就是您风衣上掉下来的。所以，未经您的同意，我们帮您缝上了，请您谅解。便笺下面，还写着服务员的名字。

同事想起来了,昨晚脱衣服太急,拽掉了一颗纽扣,当时四处找了下,没找着,也就算了,没想到……同事拿起挂在衣架上的风衣,那颗掉落的纽扣,果然被缝上了,周周正正。

这太让我们意外了。经常出差在外,简单温馨的家庭旅馆住过,服务周到的五星级酒店也住过,但是还从来没有遇到过这样的事,服务员这么细心、体贴。

我将这张便笺小心翼翼地收拾好,装进了包里。这是我住过的无数的标准间里,除一次性牙刷、纸拖鞋、塑料梳子、擦鞋纸等之外,唯一一件并非标准件的物品,它是一件珍贵的礼物,让出门在外的人,感到温暖。

搓搓你的手

一家医院,请病人为医生打分,看看谁是病人心目中的好医生。

这家医院的医生力量很雄厚,仅副主任医师以上的专家,就有一百多位,不少医生都是学科带头人,有响当当的名声,很多病人就是冲着某个医生,才慕名赶到这家医院就诊的。有的病人,为了能让某个医生为自己看病,宁愿忍着病痛,耐心等待,直到挂上他的号。

大家都认为,这将是一场专家之间的角逐,虽然医院设计了若干个小项目,请病人逐一打分,但是,谁是医学权威,谁最值得信赖,显而易见。治病,特别是重症病人,那可是性命攸关的大事,还有什么比医到病除更重要的吗?

评选结果却出乎人们的意料,一位名不见经传的普通外科医生,竟然得分最高,成为病人心目中最好的医生。我不奇怪。

我看过他的门诊。

那是去年冬天，因为颈椎病，我去医院诊治。专家门诊的号早已经挂完了，我挂了个普通门诊。

很多病人在排队。

好不容易排到我了。是个中年医生，问我哪里不舒服，我告诉他，颈椎难受，可能是颈椎病犯了吧。他站起来，先给我按按，检查一下。他走到我身后。我伸长脖子，等待一只冰凉的手。每次到医院检查，都不得不被医生冰凉的手，伸到脖子里乱按一气，虽然这令我紧张，感觉不舒服，但和所有的病人一样，我已经习惯了。奇怪，怎么没有动静？回头一看，中年医生正在搓手，两只手合在一起，不停地来回搓动。见我回头看他，医生笑着解释说："我的手凉，先搓一下，这样热乎一点。"

为了我这个颈椎，我看过很多医生，找过不少专家，他是第一个在检查前搓手的医生。他的这个细小的动作让我感动。他的双手按在我的脖子上，暖暖的。他也让我的心，感到一股暖流。我记下了他的名字。

据说，很多投他票的病人，都提到了另一个细节，每次为病人听诊前，他都会用双手捂住听筒，直到将听筒捂热，才将听筒伸到病人的胸前，进行检查。

搓搓手，捂捂听筒，这些细微的动作，温暖了一个个病人。这些细节，似乎与治病无关，与医术无关，甚至与一名医生的职业道德无关。但是，它却是一股暖流，使我们原本虚弱的身体和心灵得到呵护、抚慰。

给婴儿喂食时,一个再粗心的妈妈,也会先将勺子送到自己的唇边,感受一下温度,适宜了,才会喂孩子。不让自己的孩子凉着,也不让自己的孩子烫着,这就是母爱。

搓搓你的手吧,当你用你的手去握别人的手时,当你用你的手去抚摩爱人的脸时,当你用你的手为病人检查身体时……将手搓热,你伸出去的,就是一股涓涓暖流。

温暖的手语

手语是聋哑人交流的方式,不过,并非聋哑人才用手语,日常生活中,健康人也会经常借用手语(手势),来表达交流,传递情感。

一次坐地铁,一个熊孩子吵闹不止,引得一车厢的人侧目。孩子的奶奶似乎找不到更好的办法来制止他,只能用更大的嗓门呵斥、规劝。然而,孩子不买账,一点效果也没有。这时,坐在他们对面的一个中年男人,忽然站了起来,走到孩子面前,蹲下来,看着他,然后竖起右手食指,轻轻放在自己的唇前,做了一个不要喧哗的动作。熊孩子愣了一下,竟然停止了吵闹。我不知道是陌生男人坚定的眼神,还是他的动作,让熊孩子停歇了下来。总之,没有训斥,没有指责,没有打骂,车厢又恢复了宁静。

很多时候,一个手势,往往能更有力地传递某种讯息,此时无声胜有声,直抵人心深处。

看过一部电影,火车即将启动,月台上站着来送别的男孩,男孩不停地向车厢里的女孩说着什么,可是,厚厚的车窗玻璃,将他的声音阻隔住了。火车启动了,男孩追着火车跑,一边跑,一边还在急切地诉说着什么,可惜,他的表白,淹没在了火车巨大的喘息声之中。情急之下,男孩一边奔跑,一边用双手在胸前比画出一个心字,女孩贴着窗户,看着渐渐甩在身后的他,眼噙热泪,给仍在竭力奔跑的男孩一个飞吻。男孩说什么,不重要,女孩有没有听到,也不重要,两个人的手语,已经表达了一切。

　　一个简单的手势,可能蕴涵丰富的讯息,甚而达到语言所不能致的表达效果。但手语的力量还不尽如此,有时候,手语的背后,还会反映一个人的素质和修养。

　　我的一位朋友是图书管理员,她跟我讲了一件印象深刻的小事。有一天,她在阅览室值班,偶尔抬头,看见玻璃门外站着一个穿着工服的男人,在不停地向阅览室里招手,看样子,是在招呼哪个正在看书的读者。安静的阅览室里,坐满了读者,所有人都沉浸在阅读之中,没有人抬头,男人想要找的那个人,显然也没有注意到他。男人就那么眼巴巴地不停地招手,招手。朋友走了出去,问他,是要找什么人吗?男人点点头,用手指着里面,轻声说,那是他儿子,他是来接孩子的。朋友顺着男人手指的方向,看到了一个正埋头看书的小男孩。朋友好奇地问他,你在外面这样招手,他看不见的,为什么不直接进去喊他?这是一个开放式阅览室,不需要任何证件,都可以直接出入的。男人指指身上的工服,有点难为情地说,他刚从工地下来,衣服上都是灰,不干净呢。朋友说,那一刻,她被这个穿着工服的男人感动了,如果不是自己偶尔注意了他,他会一直那么招着手,直到儿子抬头看见他吧。她说,那是她见过的最温暖、最感人的一次招手。

可以说,手语是世界上最美的语言,它无声地为我们传递着温暖、爱和力量。当然,不是所有的手势和手语,都是善意的,温暖的,真诚的,亲切的,手势也可能传递的是不满、挑衅、愤怒和仇恨,就像我们伸出去的手,不总是友善的握手一样,它也可能是紧握的充满敌意的拳头。我们做不到总是伸出橄榄枝,但我们至少可以让自己伸出去的手多一些温暖,让真诚的讯息,在空气中多飞一会儿,如春风拂面。

侧身

一个小胡同里,两辆小车相向而遇,胡同太窄,无法错车,其中的一辆车必须倒回路口,让另一辆车先通过,才能互相通行。好在胡同不长,倒回去并不难,可问题在于,谁倒回去。两辆车谁也不肯往回倒。

一辆车的司机探出脑袋朝对方喊,你离路口近,你倒回去。对方也探出脑袋,大声说,我先开过来的,你明明看见我了,还往里开,应该你倒回去让我!僵持不下,谁也不肯往回倒。胡同就这样被堵了个严严实实。一个司机生气地说,我有的是时间,看谁耗得过谁!另一个司机愤怒地回敬,大不了请半天假,奉陪到底!两个人都将车熄了火,面对面地停着。一个司机坐在车里,打开音乐,闭目养神。另一个司机走下车,不停地打着电话。时间一分一秒地流逝,直到路人实在看不下去了,报警,警察赶到,强行将两辆车都挪开,胡同才恢复通行。时间已经过去了一个多小时。

无论哪辆车倒回去,都用不了一两分钟的时间,却因为互不相让，而耗费了一个多小时的时间，且各自都憋了一肚子的气。这么简单的一笔账，很多人就是算不过来。

以前在农村，经常看到一条窄窄的田埂上，两个挑着重担的人相遇，他们通过的方法简单而绝妙。其中一个人会站住，侧身，将肩上的担子横过来，与田埂形成一个交叉角。另一个挑担子的人，走到他前方时，也会将身子侧过来，使肩上的担子与对方的担子保持平行，让担子的一头先过去，然后一只脚从对方身边跨过，顺势将肩上的担子挪移到另一个肩膀，这样两个人擦肩而过的时候，肩上的担子也顺利地交叉、通过。那么狭窄的田埂，两个各自挑着重担的人，竟然能安然无恙地通过，秘诀很简单，就是都侧一侧身，给对方腾挪出一点空间。而在交会的时候，两个农人还会气定神闲地打个招呼，问候一声。

侧个身，既是给对方留下空间，也是给自己留下余地。一个多么简单的人生道理，却总有人不明白，或者不愿意，结果造成势不两立，两败俱伤。

有家单位拟在内部提拔一名干部，最具竞争力的两个人，能力、水平、资力，都不相上下，谁上去都有可能。竞岗演说，民意测试，又是旗鼓相当。暗地里的角逐开始了。从拉关系、说情到送礼、跑路，两个人都使出了浑身解数，事情发展到最后，两个人甚至互相写匿名信，举报、攻讦、中伤对方，一时间弄得乌烟瘴气，久战不决。其实，在当初讨论提拔人选时，领导层就已经考虑到了两个人的综合实力，拟提拔一名，再将另一名安排到一个职位相当的重要部门任职。孰料事情会弄到这样不堪的一步,上级决定舍弃这两人,而从另一单位调任一名干部。至此,两人不但都没有获得升迁,还成了仇人,并在单位落下了非常恶劣的印象和笑柄。

人生就是一条路,这条路,难免狭窄逼仄,甚而坎坷艰难,但路是人走出来的,路也是大家共同的。有时候,为相遇的人,侧侧身,甚至退后半步,就会豁然开朗,海阔天空。

侧身,既是给身体挪点余地,也是给自己的心,腾出一点空间。这颗心唯有空灵一点,通透一点,大气一点,才能包容世间万物。

地铁温暖

和朋友走进地铁。夜半,车厢里空荡荡的,几乎没什么乘客。我找了个双排座位,坐下。喊朋友也过来坐,朋友笑着摇摇头,径直走到车窗边,仰头看着什么。

以为朋友是看站名呢,我也好奇地走过去。车窗上方,贴着一张漂亮的张贴画,密密麻麻写的全是韩文,一个字也不认识。朋友指着张贴画告诉我,是个地铁故事。朋友看着看着,忽然"扑哧"一声乐了。朋友翻译给我听,这是一个年轻的妈妈写的故事。她说每天都和儿子一起坐地铁,儿子去上学,她去上班。儿子的学校近一点,所以,总是先下车。有一天,她感冒了,身体不大舒服,但一大早,她还是坚持坐地铁去上班。早晨的地铁上,挤满了乘客。她有点昏昏欲睡。恍惚中,地铁停了下来,儿子摇晃着她,喊她下车,原来已经到站了。她和儿子一起走下车的时候,才猛然发觉,怎么儿子也跟着自己下了车,难道儿子坐过了站?儿子对她说,他看到她身体不好,担心她坐过了站,想想上学的时间还来得及,所以，到站的时候就没有下车，而是陪着妈妈一起坐到了她要下的站。她写道，幸亏儿子陪着她，不然还真迷迷糊糊坐过了站。儿子一直将她送到地铁出口，才转身返回地铁站，往回坐。她说，那一刻，她发现儿子长大了，有儿子的照顾，真好。

这个简单的故事，让我的心也怦然一动。朋友告诉我，首尔的地铁上，以前贴满了广告，本来坐地铁就又拥挤又沉闷，十分无聊，加上满眼都是花花绿绿的广告，更是让人心烦意乱。他刚来首尔留学的时候，每次坐地铁，也都是闭目养神，或者听听手机音乐。忽然有一天，地铁的车厢上不知道是谁张贴了一个纸条，讲的是一个小故事。故事一点也不曲折，但却很快吸引了众人的目光，很多人围着观看，不时有人露出会心的微笑。从那以后，朋友留意到，车厢上不断地张贴出一些新的纸条，每一个纸条，讲的都是一个简单而温暖的故事，全是乘客自己写的，张贴上去的。有意思的是，地铁公司不但没有像对待牛皮癣广告一样，将这些纸条撕掉，而是顺应民意，开展了一个名为"说故事"的活动，向所有乘客征集有意思的故事，然后，选取一些故事制成精致的张贴画，贴在地铁车厢上，供乘客阅读。这个活动很快得到了乘客的积极响应，一年时间，他们就征集到了几千个故事，很多人都将自己的小故事写出来，与大家分享。这些平凡故事，成了枯燥、乏味的地铁车厢里一道美丽的风景。

朋友拉着我的手说，我再带你看几条故事——

一个故事是一个年轻女孩写的。她写道，自己每天都要在地铁里摇晃两个小时去上班,这段路程太折磨人了,让我很郁闷。我受到妈妈的启发,她教我用写日记的方法,观察和记录每天上班路上的点滴,现在,我能辨别每一个乘客的表情,是那么的不同而丰富,我感受到每一天都是新的。

另一个故事是一个小学生写的。他讲述了这样一件小事:那天,我像平常一样,走进了车厢,人照例很多,站都站不稳,而我背着很重的书包。路上,不知道为什么,地铁忽然急刹车,很多人站不稳,差点摔倒。坐在我身边的一位老奶奶,看见我站着很累,就让我将书包卸下来,她帮我抱着。说实话,我真有点不好意思呢。我们是同一个站下车的。走出地铁站,就是一条很宽的马路,早晨的车很多,我就和老奶奶一起手拉着手过马路,我的同学看见了,还以为她是我奶奶呢。我不认识她,但我倒是真的希望,她就是我的奶奶呢。

不知不觉,我们到站了。我们走下车,地铁很快又消失在黑洞洞的隧道里。那些小故事,还在我的脑海里回荡。我曾经无数次坐过地铁、火车和飞机,旅程总是漫长而枯燥,而事实上,它们也可以变得有趣而温暖,只需要一段小小的故事,你的,我的,他的,人生从来都不应是孤单的。

副驾驶位上坐着一个天使

搭同事的便车。

搭他的车，我还是犹豫了片刻的。以前，坐过他的车，太猛，爱超车，喜欢在车流里钻来窜去，让人心惊肉跳。遇到挡道的，还会骂骂咧咧。坐在他的车上，感觉自己就像一个沙袋，不得不承受着负面情绪的一次次撞击。

他发动车，起步。我不觉绷紧了神经，等待他突然加大油门，呼啸着冲出去。

竟然没有，而是缓缓起步。

从单位的门驶出，就是一个弄堂丁字拐角，路窄，视线又被挡住，过往的自行车和行人常常被突然从弄堂里驶出的汽车吓一大跳。同事开到拐弯处，停了下来，往左看看，又往右看看，确定没有车辆，没有行人，这才缓慢驶出。

这风格，一点也不像他啊。我对他说，真没想到，你现在开车变得这么沉稳了。

他笑笑，冲我努努嘴说，边上坐着一个天使呗。

这……我有点丈二和尚摸不着头脑。他看出了我的困窘，笑着补充说，当然不是说你，是说我女儿。

他一边开车，一边叙说着他和女儿的故事——

女儿上初中后，学校离家较远，每天开车接送女儿上下学，就成了他的任务。而在此之前，女儿很少坐他的车。

那天，去学校接女儿，早了点，女儿还没放学。他熄了火，坐在车里等女儿。他习惯性地掏出香烟，弹出一根，点着。他的烟瘾不是很大，但是，开车的时候，总喜欢叼根烟，他觉得这样特有型，而且提神。烟还没抽完，女儿放学了，从校门走出来，拉开车门，上了车。还没坐下，女儿就猛烈地呛了起来。女儿下了车，对他说，车里烟味太重了，我受不了，我不坐你的车了，我自己坐公交车回家吧。

他赶紧打开车窗，扔了烟头。可是，车内的烟味一时哪里散得尽？他对女儿说，你等一会。说着，将所有的车窗都打开，然后，在校门前的道路上，开车来回跑了两趟，这才勉强将车厢里的烟味消散得差不多。女儿不情愿地又上了他的车，回家。

他说，自此之后，他再也没在车里抽过一次烟。他不能给女儿一个晴朗透彻的天空，至少不能再让她在自己的车里被烟熏。

也就是在他戒了烟后，女儿才肯从后排坐到了副驾驶位子上。他说，从此，他的副驾驶位子上，就坐了一个天使。天使改变了他。

一天,他接女儿放学回家。刚刚下过一场大雨,路面又湿又滑。

他专注地开着车。路过一个公交站台时,女儿突然一声叫喊:"爸,你慢一点!"他本能地一脚刹车,车速慢了下来。他以为女儿看到了站台上的同学。女儿说,不!你没看到站台前有一大摊积水吗?你那么快地开过去,不是要将站台上等车的人,身上都溅湿了啊。

他说,他其实是看到了那摊积水的,以前,碰到这种情况,他偶尔甚至会故意加速,让水溅得更高更猛,猝不及防的路人们的慌张表情,让他觉得刺激又好笑。今天,因为女儿坐在车上,他倒是没有故意加速,但也没打算减速或避让。女儿的一声喊叫,让他羞愧。

他猛然意识到,女儿长大了。

从那以后,女儿像个指挥一样,不时提醒他。他越来越觉得,坐在副驾驶位子上的女儿,像个天使。

"爸,有人要过马路,你就等等他嘛!"

"爸,路边蹲着一个小孩,你小心一点!"

"爸,你不要生气了,人家超你的车,肯定是有急事,你就让他先过嘛……"

他的路怒症,消了;他的好多开车恶习,改了;他的性格,也变得温和多了。他说,是坐在副驾驶位子上的女儿改变了他。天使在侧,你怎么好意思做个魔鬼呢?

孩子，做我的邻居吧

进城奋斗了七八年，他终于在城里站稳了脚跟，并且找到了自己的另一半。女孩答应了他的求婚，现在，只差一套属于自己的婚房了。连续多日，他四处奔波打探，希望能找到一套价格可以承受的住房。有了房子，有了爱人，他在这个城市，就算扎根了。

还真找到了。房子位置不错，小区环境也好，最重要的是，房子的挂牌价和他的心理预期差不多。他有点迫不及待地和中介约好了看房的时间。

房子看到了。是个半新的二手房，装修过，几乎可以拎包入住。这是看过的最理想的一套房子了，他心里暗自欢喜，打好了算盘，如果能还下点价格最好，但即使房主价格上不肯让，以挂牌价他也决定买下它。他太想在这个城市有一个自己的家了。

可是，意外出现了。未等他还价，房主竟然主动打电话给他，表示如果是他自己买，也是自己住的话，愿意在挂牌价的基础上，减价2万元卖给他。

房主主动降价，这太出乎他的意料了。高兴之余，他隐隐地不安起来，难道这个房子有什么问题吗？不然，哪有房主会主动降价的？

他悄悄地了解。房子确实是房主的，手续都是齐全的，问过左右邻居，这套房子里也没出过什么事情。而且，据中介说，还有其他几个人也看中了这套房子，愿意以房主的挂牌价成交。这件事就更蹊跷了，既然有人愿意以挂牌价买，为什么房主不以挂牌价卖给别人，偏偏愿意以优惠价卖给他？

这会不会是一个骗局呢？他起了疑心。

中介也有点莫名其妙，答应帮他向房主了解一下情况。

第二天，中介给他回话了。

中介问他，看房那天，你是不是碰到过什么人？

他想了想，没碰到过什么熟人啊。这个小区，他没有同事，没有朋友，没有老乡，在看房之前，他甚至从来没有来过这个小区。

中介启发他，你那天上楼的时候，是不是遇到了一个老太太？

他想起来了。那天，他匆匆找到了这幢居民楼，在楼下锁好自行车，正准备上楼，看到一个老太太拎着很多菜，也正准备上楼。看到老太太拎着菜篮子很吃力的样子，他停下来，问老太太上几楼，没想到，和他要看的房子是一层，门对门。他二话没说，帮老太太将菜篮子拎上了楼。放下菜篮子，他就忙着去对门看房子了。

中介告诉他，那个老太太，是房主的老母亲。门对面，住着房主的父母。那天回到家，老太太就给儿子打了电话，问是不是有一个小伙子来看房子？儿子告诉她，是啊，中介正在带一个小伙子看房子呢。老太太把刚才发生的事跟儿子讲了一遍，叮嘱儿子，这小伙子心肠不错，人非常和善勤快，和这样的人做邻居，我挺喜欢。

房主听明白了老母亲的意思。自己因为其他原因，不能和父母住门对门了，照顾父母，没以前方便了。如果有个心地善良的人买下房子，做父母的邻居，偶尔帮着照顾一下年迈的父母，自己也放心些。于是，房主主动打电话给小伙子，愿意降价将房子卖给他。

他如愿以偿地买下了那套房子。他在这个城市，终于有了自己的立足之地，有了自己温暖的家。

他是我的小同乡。这个小小的故事，让人心头暖暖的。他说，结婚之后，他就会将老家乡下的父母接过来，住一段日子，他已经很久没有回家看望他们了，他好想他们。

留下一颗有尊严的种子

由于前方公路塌方维修,我们的旅游车不得不绕道一条高原小路,向日喀则进发。一路颠簸,使我们的高原反应更加厉害了。不过,因为走的是一条便道,车辆稀少,倒使我们有幸看到了平常看不到的高原风景。

这是我们进藏的第二天,昨天下了飞机后,我们就一直躺在宾馆里休息调整。对于即将亲密接触的西藏风情,我们的内心都充满了神秘的期待。一路上,藏族导游格旦卓玛不断地给我们讲着笑话,帮我们缓解了不少痛苦。旅游车驶进了一块腹地,高原反应好多了,大家的兴致又慢慢高了起来,有人掏出包里的零食和饮料,分发给大家。格旦卓玛马上给我们每个人发了一个塑料袋,让我们将果壳废物装进袋里,然而统一交给她带回拉萨去处理。

前面出现了一个藏族村庄。有人激动地对司机说,在村口停一下,让我们下车到村里去看一看。

看着我们兴奋的样子,格旦卓玛笑着问我们,你们是不是也带来了很多小礼物？没错啊，你怎么知道的？几个女同志一边说，一边迫不及待地打开了各自的旅行包，拿出了各种各样色彩缤纷的小礼物：铅笔、橡皮、练习本、糖果、巧克力、玩具熊，吃的、用的、玩的，应有尽有。

几乎每一位进藏的游客，都会带来一些小礼物，送给见到的藏族小孩。谢谢你们的好心。格旦卓玛说，以前，因为比较闭塞，很多藏族小孩常年难得见到外人，所以，对于偶尔见到的旅游车和游客，他们会安静地站在路边，向旅游车上的游客挥手致意，表达他们的好奇和欢迎。但是，这几年，一些进藏的游客总是将小礼物送给藏族小孩，使得一些孩子的心态都变了，只要一看到旅游车和游客，他们就会围过去，伸出小手，等着游客给他们派送礼物。游客的小礼物本来是一片爱心，但这却滋生了孩子们不劳而获的心理，也会无形中伤害到他们的自尊。

那我们带来的这些礼物可怎么办啊，再说，我们真的只是想表达一点我们的心意。大家议论开了。格旦卓玛摆摆手，这样吧，如果大家确实想将小礼物送给孩子们的话，我给大家一个建议，不要一见到孩子就无缘无故地将礼物送给他，那就像是施舍一样，不好。大家可以想点办法，比如你可以让孩子帮你一个忙，然后，再将小礼物作为回馈，赠送给他，好吗？

大家连连点头，旅游车里一下子安静了下来。

旅游车在藏族村庄前，缓缓停了下来。我们刚走下车，就被一群藏族孩子包围住了，果然如格旦卓玛所说，有的孩子直接将双手,伸到了我们的面前。

一位中年妇女,手里拿着一个水杯,她弯下腰,问离她最近的一个小姑娘,你家就住在附近吗?女孩点点头。中年妇女指着手中的空水杯说,我很渴,我可以上你家去倒一点热开水吗?小姑娘迟疑了一下,好啊。说着,领着中年妇女,蹦蹦跳跳地向边上的一户藏民家走去。

一对年轻夫妇,领着七八岁的儿子,一起下了车。男孩好奇地打量着围过来的藏族小孩,藏族小孩也好奇而羡慕地盯着他。年轻的爸爸蹲下身,问身边的藏族小孩,你们平时玩什么游戏?一个藏族小男孩挠挠头说,我们最喜欢玩"江克勒格"了。年轻的爸爸尴尬地瞪着眼睛,不明白"江克勒格"的意思。恰好导游格旦卓玛走了过来,翻译说,"江克勒格"类似你们的老鹰捉小鸡。这个啊,我也会,小男孩激动地说,那我们可以一起玩玩吗?很快,小男孩就和几个藏族孩子手拉手,围成了一圈,年轻的爸爸客串老鹰。

两个年轻姑娘拉住一个藏族小女孩,问她,村子里有藏獒吗?藏族小女孩点点头。年轻女孩伸了伸舌头,做出害怕的样子,藏獒都很凶的。藏族小女孩点点头,又摇摇头。两个年轻姑娘轻声问,你可以帮我们一个忙吗,带我们进村里看看?藏族小女孩又笑着点点头,自豪地带着她们向村子走去。

半个多小时后,大家重新回到了车上。旅游车慢慢驶出村庄,一群藏族孩子站在路边,向我们的旅游车挥舞着手臂,大家也打开车窗,不停地挥着手。

车驶离了村庄。格旦卓玛这才问大家,礼物送出去了吗?大家都点点头。中年妇女激动地说,藏族孩子太淳朴,太可爱了。我明白了一个道理,事实上,我们送给他们的只是小小的礼物,而他们回赠给我们的,却是这个世界上最纯净、最真诚、最甜美、最难得的笑容。

错过季节的西瓜秧

盛夏，我在棉花地里锄草时，发现了一棵西瓜秧苗。

这很不对头。这个季节，地里的西瓜，大多已经成熟了。没有人会在夏天栽种西瓜秧，不等它开花，未及结出西瓜，秋风就来了，寒霜接踵而至，它很快就会霜冻而死。但棉花地里这颗不知道从哪里跑来的西瓜子，还是发芽了。

我的锄头，在它旁边停下。我犹疑着要不要将它像其他杂草一样，锄掉。对棉花地来说，除了棉花株，其他的都是杂草，都理应被锄掉，好腾出空间和营养让棉花株成长。我承认，我犹疑了两三秒钟，最后，我手中的锄头围着那棵西瓜秧苗转了一圈，我将它周边的土松了松，这样，它可以更畅快地呼吸和成长。我还将我喝的水，拿来浇灌它，那是父亲早晨为我泡的茶水，对一棵西瓜苗来说，可能苦了点，但这块沙土地的周围，没有水塘，我找不到更清的水了。我在弯腰浇灌它时，请它谅解，它摇了摇它的两瓣嫩叶，这也许表明它听懂了我的话。

我接着锄地。烈日当头，口渴难耐，我却将剩下来的水都浇灌在一棵没什么希望的西瓜苗上了。但我一点也不后悔。一点口渴，我能够忍耐。黄昏，我锄完了棉花地，扛着锄头准备回家时，又跑回去找到那棵西瓜苗，蹲下来，看看它有没有什么变化。我欣喜地看到，它肯定比我第一眼看到它时，长高了有一厘米或者更多一点。我告诉它，你慢慢长，我会常来看你的。

我说到做到，一没事，就跑到离村两三里地的那块棉花地，去看望那棵西瓜苗。那是我高考失败后的第一个夏天，别人都在等着大学录取通知书，我除了失落，无所事事。现在，在帮父母做一些力所能及的农活外，我又多了一件事，就是去棉花地里陪伴一棵西瓜苗的成长。我已经没有了希望，它在错误的季节里发芽，本也没啥希望，但我希望奇迹能在它身上出现，哪怕让它结出这个世界上最小的西瓜。

每次去看它，我都会带上一杯水，只为它浇灌。剩下来的最后一口水，我才自己喝。我总是和它讲太多的话，口干舌燥，最后那口水，让我觉得特别甘甜。我相信它是愿意把最后一口水留给我喝的。不管我与它讲什么，它都从不反驳，很认真地听，这使我第一次有了倾诉的欲望。那段时间，我差不多将我这辈子的话，都讲完了。从来没有一个人愿意听一个失败者的絮叨，哪怕是我的父母，但它是个例外。当然，我一点也不想将我的坏情绪传染给它，我讲出我的失败故事，是想勉励它快点生长，赶在秋风来临之前，开花，结果。

棉花地要反复锄。这本来是个很枯燥的活，但因为那棵西瓜苗，锄地成了我最乐意干的农活。而且，每次给那块棉花地锄草时，我都执意要锄那垄地，我是担心如果被我的父母发现了它，他们一定会像锄掉任何一棵杂草一样，锄掉它。对农人来说，一棵毫无希望的秧苗，跟一棵杂草，并无区别。

它成长得很快，藤子顺着棉地四处跑，藤梢特别嫩绿，还长着一些胡须一样的东西，碰到什么，就在上面打个结，站稳了脚跟，然后铆足了劲，往更远的地方伸展。我见过父亲种西瓜，知道在适当的时候要给瓜藤打头，以使它停止跑藤，而专心地去开花，结出西瓜。我几次想掐断它，终于没下得了手。天渐渐凉了，既然时间根本来不及了，何不让它自由任性地疯长一回呢。

在一个露水很重的早晨，我惊喜地看见，它竟然开花了，黄黄的小花，细碎，羞怯，仿佛一个误闯到这个世界的青涩少女一样。田地里从来不缺各色各样的花，但唯此一朵，让我泪流满面。秋风已起，寒露已重，我以为一切都来不及了，但它还是执着地开出了它的第一朵黄花。有很多花是在秋天盛开的，它本不属于这个季节，因而显得如此突兀，让整个秋天，也让整个田野，都措手不及。

它却没能给我更多的惊喜。几天之后，我和父母一起去棉花地里摘棉花，我兴冲冲找到了它，却发现，那朵花已经凋谢了，它的根已经无法从土壤里汲取更多的养分，它的瓜藤和叶子也因为无法从阳光和空气里摄取更多的能量而慢慢变黄、枯萎。我知道它已经尽力了。我有点遗憾,但不伤感。相比于那些从未发芽、从未开花的瓜子,它已经是个奇迹。

在那以后,我重回校园。我不知道我这一生,能否结出硕果,但我至少应该像那颗西瓜子一样,发一次芽,开一次花。

每天微笑800次

他的改变,始于一次"误会"。

那天,他关上前后车门,正准备驶离公交站,车子却无缘无故地熄了火。当他弯腰检查仪表,查看是不是哪里出了问题时,手又不小心碰着了门按钮,前门被打开了。他懊恼地拍了下脑门,正准备重新关上车门,忽然,一个中年妇女气喘吁吁地跳上车,一边投币,一边一脸谦恭地笑着对他说,师傅你心肠真好,肯等我,要是赶不上这班车,我肯定又要迟到了。等她?他知道是她误会了。看着她谦恭而感激的笑容,他勉强地冲她笑笑。

这是长久以来,他第一次笑,第一次对一个陌生的乘客微笑,虽然那微笑是挤出来的,有点怪怪的。下岗再就业后,他就没有笑过。公交车驾驶员,这个工作又苦又累,又枯燥又乏味,如果不是时运不佳,生计所逼,他这个曾经的工厂管理人员,怎么也不会落魄至此。

一路上,中年女乘客谦恭而感激的笑容,一直徘徊在他的脑海里。他越想越觉得这件事好笑、有趣,而女乘客的笑容,也让他忽然觉得有一点点温暖,一种莫名其妙的温暖。他在想着这些的时候,嘴角不自觉地往上微微地翘着,从侧面看过去,就像在微笑一样。

虽然公司一再强调,司乘人员必须微笑地对待乘客,但他却一直做不到。他总是一脸严肃,一身沉闷,他实在想不出他的生活中还有什么事值得开心。而一个不开心的人,怎么能够笑得出来呢?他就笑不出。因此,他的服务从来没有上过星级,他也从来没有拿过服务奖,如果不是考虑到他的家庭实在太困难,他恐怕早就面临再次失业了。

公交车又慢慢驶进了站台,他打开车门,目光注视着一个个上车的乘客,恍惚中,他感觉到,有些上车的乘客在与他的目光交接时,竟然是带着微微的笑意的,这可是从来没有发生的事。他第一次发现,这些匆匆的乘客,也不全是板着脸的,他们的面孔原来也很友善,很平和,很生动,而他以前怎么就没有发觉呢?

他偶尔从后视镜中看见了自己,那张熟悉的紧绷绷的脸似乎骤然张开了一些,缓和了一些。他恍然明白,是自己的脸色变得缓和了,别人才以善意面对自己的啊。

第二天一早,当他踏上自己的公交车时,他就预备面带笑意。可是,他却发现,这很难。他已经习惯绷着脸,苦着脸了。他明白,这需要时间。

第一个微笑,是车子经过市心路的时候。他的家,就在那座高楼的后面，虽然是低矮破旧的楼房，但想想儿子吃饭的时候，经常将饭粒抹在脸颊上，他就忍不住笑了；想想每次下班回到家，妻子都会削一根黄瓜给他吃，而自己吧唧吧唧啃黄瓜的样子，就跟乡下老家养的猪差不多，他就忍不住笑了；想想对门老王头每次喝醉酒，又蹦又跳唱大戏的滑稽样子，他就忍不住笑了。他忽然觉得，家多温馨啊，邻居多可爱啊，这条熟悉的路，多让人迷恋啊。他就忍不住笑了。于是，每次公交车驶过市心路的时候，他都会面带微笑，好像家人和邻居能看到一样。

笑容就从这儿，慢慢绽开。

渐渐地，他发觉微笑原来也不是太难了。于是，他将笑容扩大，每次与同线路的其他公交车会车时，他都主动地向对面的同事微笑。以前，他连和对面的同事交会个眼神都懒得回应。先是一个同事发现了他的微笑，同事意外而惊诧地咧开嘴，冲他笑笑，还点了点头。很快，一个同事，又一个同事，都在会车时，和他互相微笑致意，像他们互相之间一直做的那样。

他开始自然而然地将笑脸呈现给了坐他车的乘客。当车子进站，打开车门，他就微笑地注视着每一个上车的乘客，有的乘客在刷卡或者投币的时候，与他的笑容撞个满怀，便也善意地回报他一个微笑；也有的乘客，没有注意到他的微笑，径直朝车厢里走去，他一点也不懊恼，继续微笑地面对下一位。以前，他也是注视着每一个乘客的，所不同的是，那时候他都是绷着脸，或者毫无表情，盯着他们投币，或者刷卡，像监视一样。

慢慢地,他发现,很多乘客的脸变得熟悉起来,那是经常乘坐这条线路的老乘客。他们总是互相微笑致意。即使是偶尔乘坐的乘客,如果注意到他的微笑,也会回以一笑。

他依然每月挣不到 2000 元的工资,回家就吧唧吧唧啃一根老婆削好的黄瓜,唯一不同的是,现在,他每天都会收到至少 800 个笑容,那是他每天的乘客数,而每一个看见他笑容的人,都会报以微笑,从无例外。

这也是我每天乘坐的一条城市公交线路,我经常能看见这样一张笑脸,自然,温和,生动,每次看到这张笑脸,我也会回以灿烂的笑容。如果是早晨上班时遇到他,我就会将笑容带到办公室;如果是晚上下班时遇到他,我就会将笑容带回家。

拴在门上的黄丝带

起床后,他习惯性地先打开自家的大门,看看对门。对门的大门上,贴着一个大大的福字,早晨的阳光斜射进来,正好落在福字上,散发出熠熠红光。往下看,门把手上,什么也没有。他揉揉眼睛,确认什么也没有。他嘟囔了一句什么,然后,放心地关上门,去刷牙洗脸,张罗早饭。

这是他和对门张大妈的一个约定:张大妈是一个独居老人,每天晚上临睡前,张大妈都会将一根黄丝带拴在门把手上,第二天早晨再解下来。而每天早晨,他做的第一件事情就是,打开门看看,如果对门的门上还拴着黄丝带的话,那表示张大妈已经起床,一切安然无恙;如果黄丝带还在门上的话,那说明张大妈还没起床,也许是生病了,也许是遇到了什么意外情况,那他就赶紧去敲敲门。

这个约定,已经持续了一年多。

那时候,他们一家刚搬来不久。对门的门一直关着,敲了几次门,想认识一下新邻居。可是,每次里面都会响起一阵窸窸窣窣的脚步声，走到门口，停下了，门却并没有打开，过了一会，脚步声又窸窸窣窣地走开。他知道门里面的人，一定是通过猫眼看到了他，却不想给他开门。邻居没给他认识的机会。后来留意了一下，对门只住着一个老太太，除了买买菜，平时很少出门。

那天，走出家门，忽然闻到一股怪怪的味道。一看，是从过道的一个垃圾袋里散发出来的。他们家的垃圾袋，都是他直接扔到楼下的垃圾桶里的，他看看紧闭的对门，明白了，这个垃圾袋，一定是她家的。犹豫了一下，他弯腰将垃圾袋拎了起来，带到楼下，扔进了垃圾桶。

第二天，楼道里又出现了一个垃圾袋。他又弯腰，将垃圾袋拎起来带下楼，扔进垃圾桶。

第三天，同样的位置，又出现了一个垃圾袋。正在他弯腰拎垃圾袋的时候，对门的门"吱呀"一声打开了，老太太扶着门框，探身对他说，年轻人，这两天我腿脚不好，垃圾袋没扔下去，麻烦你了。他笑笑，说举手之劳，没什么的。她露出干瘪的嘴唇，笑着冲她挥挥手。他对她说，您老年纪大了，这样吧，今后每天你就将垃圾袋放在这里，我顺便带下去。她连连摆手，那怎么好意思呢。他说，如果我奶奶还在世的话，该跟您差不多大呢，您就当我是您孙子吧，为您做这点事，还不是应该的吗？

于是，他和她有了一个约定，每天早晨，他下楼去上班的时候，顺便将她放在楼道里的垃圾袋，捎带下去。日复一日。偶尔一两次，出门的时候，楼道上空荡荡的，没有垃圾袋，他的心就会一紧，赶快去敲敲门，看看老太太有没有什么问题。他骤然发现，放在楼道里的垃圾袋，已经成了某种约定，每天只有看到垃圾袋，那表示老太太生活如常，一切安然，他才放心。

那天晚上，他和妻子一起敲开了对门老太太的门。他想出了一个更好的办法。他将自己做志愿者时获得的一根黄丝带，送给了老太太，让她每天晚上系在门把手上，第二天早晨再解下来。他和老太太约定，如果早上黄丝带还系在门上，那就表示老太太出了状况，需要帮助，那他就来敲门……

不久，社区获悉了这一情况，并在整个小区推广，全社区近百名七十岁以上独居老人，都得到了这样一条黄丝带。当夜幕降临，有一些特别的门把手上，就会系上这样一条醒目的黄丝带，而第二天一早，它们又会被轻轻摘下。

如果，如果早晨某一个门把手上的黄丝带没有摘下来，第一个发现它的人，就会及时敲响房门。"咚咚"的敲门声，在楼道里回荡，急促，温暖，那是一声声关切的问候。

一个人的美德无关他人的态度

办公室内,大家为一件事激烈地争执。

事情的起因,是一位同事孩子的遭遇。同事的孩子还在读小学。暑假的一天,小家伙在去新华书店的路上,遇到了一个怀抱孩子的年轻女人。年轻女人先是问他路,怎么去火车站。小家伙热情地为她指点,从哪里坐哪路公交车,就可以直达了。问完了路,年轻女人又面露难色地对他说,自己是外乡人,来杭州旅游的,但是钱包被人偷了,能不能给她点坐公交的零钱?

同事的孩子听了年轻女人的故事,从口袋里掏出钱包看了看,里面正好有几枚硬币。小家伙毫不犹豫地将硬币全部拿给了年轻女人。年轻女人连声称谢,夸他是个善良的孩子,眼睛盯着小家伙的钱包。小家伙的钱包里,还有几十元的纸钞,是妈妈刚刚给他,让他自己到新华书店去买书的。

小家伙准备将钱包放回裤兜里,忽然想起了什么,主动问年轻女人,阿姨,你的钱包被偷了,那你到了火车站,怎么买票回家呢?

年轻女人一脸无奈的样子，到了火车站，再说吧。

小家伙迟疑了一下，再次打开钱包，将里面的纸钞也都拿了出来，递给女人说，阿姨，这是我准备去买书的钱，送给你吧。

年轻女人显然没想到，孩子会主动把钱包里的钱，都拿出来给她。她犹犹豫豫地接过了小家伙递过来的钱。

同事的孩子似乎还是有点不放心，对她说，要是这钱不够买车票，他可以打电话让爸爸过来，爸爸的单位就在附近。

年轻女人一听，连连摆手，不用了，不用了。一边说，一边匆匆地抱着孩子离开了。

没钱去新华书店买书了，同事的孩子来到了爸爸的单位。孩子简单地向爸爸讲述了事情的经过。爸爸耐心地听完了孩子的讲述，赞许地摸摸孩子的头，又拿出几十元给了孩子，让他再到新华书店去买书。孩子拿上钱，开心地去了。

孩子一走，办公室里就炸开了锅，激烈地探讨起来。

一位同事语气坚定地对孩子的爸爸说，你的孩子被骗了，那个怀抱孩子的年轻女人，经常在那一带行骗，假装钱包被偷，回不了家，向路人要钱。要的不多，就三五块钱，所以，不少人会上当。

孩子被骗了，这一点大家基本意见一致。争论的焦点是，要不要告诉孩子真相？

一种观点是，必须告诉孩子真相，以免他下次再上当受骗。另一种观点却是，不宜告诉孩子，否则，孩子的善心会受到严重伤害，而且，今后他就不会随意相信他人了。双方各执一词，都挺有道理。

让我惊讶的，是孩子爸爸的态度。他说，听完孩子的讲述，他就大致有了判断，孩子可能是遇到骗子了。但他没有对孩子说穿，原因很简单，那会挫伤孩子的善心。再说，也可能那个女人真的是遇到了困难。他说，他这个孩子，身上最宝贵的，就是善良。从小，只要看到乞讨的人，无论是老人、残疾人，还是壮年，他都会停下来，将自己的零花钱拿出来给人家。他曾经试图告诉孩子，有的人是真的不能自食其力，靠乞讨为生，有的人却是因为好吃懒做才流浪街头的，因此，要看具体情况才能决定，不然，你的爱心，可能就被人欺骗或者利用了。没想到，孩子歪着脑袋反问他："我怎么分得清呢？而且，我帮助他们，是因为我善良，与他是什么样的人，并没有什么关系啊。"

同事感慨地说，孩子给他上了一课。善良是我的孩子的天性，我希望孩子保持这颗善心，成为他身上的一份美德。而一个人的美德，是出自他真诚的内心，不需要回报，也无关他人的态度。

同事的结论是，如果当时他在场，他也不会阻止孩子帮助那个女人，即使那个女人可能是个骗子。他说，确实有些人靠博取别人的同情心而行骗，但是，相对于孩子的善心来说，纵使有那么几次，帮助了不该帮助的人，损失了一点点金钱，但是，让孩子保持一颗善良之心，远比这点损失，重要得多。

我赞同他的观点。美德是这样一种品质：我善良，不因为你不友善，我就不再善良；我心怀美德，不因为你心存恶念，我就丧失美德之心。真正的美德，是发乎内心的，没有附加条件的。

看书的姿势最美

我注意她,已经很久了。

一上车,我就看见了她。晚班地铁,人不是很多,坐着的,站着的,靠着的,几乎所有的人,都在埋头玩手机。她是个例外,她手里拿着的,是一本书。她在看书。

她坐在我的斜对面。她左边的两个人,都在玩手机,其中的一个人,怀里抱着背包,双手架在背包上,横着端着手机;另一个人,跷着二郎腿,一边不停地滑动手机屏幕,一边晃动着脑袋,很陶醉的样子。她右边的一个人,一会闭着眼打盹,一会又从裤兜里掏出手机瞄几眼。车厢里,还零散地站着几个人,一个人靠着车厢,一只脚直撑着,另一只脚耷拉在脚背上,低头玩手机;一个穿着时尚的姑娘,双手环抱着过道上的立柱,手里捧着手机;还有一个年轻人,一手拉着吊环,一手握着手机,身体前后摇晃……

每天乘坐地铁,看到过各式各样的人,各种各样的神色,每个人的姿势也各不相同,但大家又都有一个共同的姿势,那就是低着头看手机。她是个例外。我已经很久没有看到身边的人看书的样子了。我本来也是要拿出手机的，像我以往每次坐地铁时那样，但那一次，我忍住没有掏出手机。我承认，我是被她看书的样子迷住了。现在回忆起来，她长什么样子，多大岁数，什么穿着打扮，都全无印象，但她看书的姿势却深深地刻印在了我的记忆里，那是我坐地铁这么久以来看到的最美的姿势。

一个人的姿势，有很多种，站着、坐着、躺着、靠着、蹲着、走着……无论你在做着什么，或者什么也不做，每时每刻，我们的身体都会呈现出某种姿势。姿势有正确和错误之分，我们说坐有坐相，站有站相，睡有睡相，吃有吃相，就是对我们的姿势的要求。

看书的姿势，也有正确与错误之分，比如看书时要端正，书不要拿得太近，不宜在摇晃的地方看书，不应在光线昏暗处看书等，这多是从保护视力的角度出发，是正确的看书姿势。但我觉得，不管你是在书桌前正襟危坐，还是在书店一排排书架下屈膝蹲着，你手里捧着一本书，你看书的姿势，都是美的。